LAS AVENTURAS DE

ALFRED & AGATHA

EL PIANISTA QUE SABÍA DEMASIADO

Ana Campoy

edebé

Paseo de San Juan Bosco, 62
08017 Barcelona
www.edebe.com

Atención al cliente 902 444 441
contacta@edebe.net

Directora de la colección: Reina Duarte
Diseño de las cubiertas e ilustraciones: Álex Alonso

3.ª edición

ISBN 978-84-683-0702-2
Depósito Legal: B.8627-2012
Impreso en España
Printed in Spain

A Manuela Ogalla Suárez,
mi abuelita Miller.

AGRADECIMIENTOS

A Javier Fonseca García-Donas, compañero escritor y gran amigo, que me contagió su pasión por los hermanos Marx. Gracias por suministrarme tanto conocimiento y, sobre todo, por tu ejemplo.

A Pep Gorgori y Ana Peral, músicos expertos. Gracias por vuestras lecciones de teoría musical que han enriquecido tanto esta historia.

A Rosa Soria, Mery Varona y Laura García, porque han estado desde el principio.

A Elvira Lindo, que con su prólogo en «Harpo habla» me sugirió la idea de que Harpo estuviera presente en esta historia.

Al gran Salvador Arias, escritor, maestro de actores y leyenda del teatro. Sus enseñanzas fueron tan importantes que marcaron las vidas de sus alumnos, y de algún modo pululan entre las frases de este libro. No encuentro otra forma mejor de darle las gracias, allá donde se encuentre.

A Carlos G. Fabregat, alias «Minipoe», cuya ilusión me colma de energía para seguir escribiendo estas aventuras. Él ha sido y será siempre el primer fan.

A la Sociedad del Platito, que se ha convertido en el apoyo que cualquier autora necesita para seguir adelante con sus proyectos. Gracias, miembros.

Índice

Prólogo

Harpo pateó el suelo y los listones del escenario vibraron bajo sus pies. Acababa de comenzar su canción, la única un poco animada en su breve repertorio, pero parecía que aquella noche tan sólo las moscas del teatro fueran a hacerle caso.

Su actuación comenzaba con un pequeño número de baile, un difícil juego de pies que le había costado más de una semana aprender. Acompañaba el zapateado con la ayuda de la armónica, que afinaba una alegre melodía muy apropiada. Pero era inútil. Los escasos espectadores que salpicaban las butacas del teatro se comportaban como muñecos de cera.

El muchacho miró hacia el interior del escenario y una silueta gruesa le distrajo por un instante. Se trataba del director Strudel, el dueño del teatro, que no parecía estar muy contento con el escaso éxito de su actuación. El hombre acababa de cruzarse de brazos detrás de la cortina y miraba al chico con una cara demasiado seria como para tratarse de una broma.

Harpo sintió un sudor frío que comenzó a empaparle la camisa. Soltó la armónica y elevó la mano intentando seguir la coreografía. La sombra de sus cinco dedos se proyectó sobre la cara y eso le sirvió para centrarse en lo que estaba haciendo y proseguir con la canción.

Tal vez si continuaba su espectáculo ayudado por el piano conseguiría despertar a alguno de los espectadores. Su sonido era más fuerte y mucho más animado. Así que cuando el estribillo de la canción estaba a punto de comenzar, el chico se dirigió hacia el centro del escenario, saltó sobre el taburete de madera y comenzó a interpretar los alegres versos de la pieza con toda la pasión de su garganta.

En aquel teatrucho muerto de sueño hacía falta una buena dosis de energía y Harpo aporreó las teclas con ilusión. Su madre le había advertido de que con sonreír no era suficiente. Había que seducir al público, llevarlo hasta el interior del corazón para darle una vuelta por las tripas y hacerle sentir lo que un actor llevaba dentro. Para que así, cuando el paseo hubiera terminado y el espectador volviera a su butaca después de caer el telón, sintiera que aquel viaje no había sido suficiente. Y entonces tendría ganas de volver.

Harpo entonaba la melodía con toda la fuerza de sus pulmones. Intentaba no desafinar mientras miraba de reojo al señor Strudel, que, lejos de ocultarse, había empezado a hacerle unos gestos exageradísimos. A pesar de su buena intención, parecía que el esfuerzo no iba a ser suficiente. Y deseó que los segundos que quedaban de canción se le hicieran lo más cortos posible encima del escenario.

Sólo le restaba rematar los últimos compases de la pieza. Harpo emitió sus gorgoritos finales con una voz demasiado desafinada y, tras levantarse del piano a toda velocidad, se despidió con una reverencia a la que sólo un par de silbidos prestaron atención. Después corrió a ocultar su fracaso tras la cortina del escenario.

—¡Maldita sea, Marx! —exclamó el director Strudel una vez que Harpo franqueó el telón de fondo—. ¡Es usted un actor de primera fila!

Al oír aquellas palabras un hilo de esperanza se ató al corazón de Harpo. Puede que su improvisación cantada hubiera agradado al director Strudel, y que en el fondo éste comprendiera que aquel fracaso con los espectadores no era culpa suya.

—¿En serio, señor? ¿Le ha gustado mi canción?

La cabeza del director Strudel se giró hacia el chico con una mirada furibunda.

—¡No, señor Marx! —rugió con evidente enfado—. Me refería a que sólo la primera fila puede oírle. O eleva ese tono de voz de una vez por todas o la próxima vez saldrá de este teatro a patadas.

Las rodillas de Harpo comenzaron a temblar. No había un muchacho en toda Nueva York que deseara más tener contento a su jefe. Sobre todo porque hacía unas cuantas semanas que su hermano le había recomendado. No podía dejarle en evidencia, aunque sus escasas dotes no fueran suficientes.

Por fortuna el señor Strudel no tenía tiempo para más regañinas. Dio media vuelta y se dispuso a presentar a Emma, la intérprete que debía salir a continuación. La muchacha había visto la pobre actuación de Harpo desde las bambalinas y esperó a que el director Strudel saliera a escena para guiñar un ojo al chico.

—Tranquilo, Harpo —dijo revolviendo su pelo rizado—. La próxima vez irá mejor, no te preocupes.

El chico admiró la sonrisa de Emma y lamentó no ser su sirviente para siempre. Aquella joven bondadosa le había tratado muy bien desde que él llegó a la compañía. Había sido el único apoyo de Harpo en su corta y malograda carrera.

—Lo siento —dijo el muchacho bajando la cabeza—. Después de este desastre nadie querrá escucharte. He arruinado tu actuación.

—No te preocupes —contestó Emma mostrándole su partitura—. Tengo un as en la manga. Va a ser infalible, ya lo verás.

La joven recolocó el cuello de su vestido y se palpó el peinado. Su rostro se volvió muy serio, como si toda la concentración que necesitaba se hubiera llevado la alegría que había en él. Luego, dio un paso al frente, respiró hondo y se adentró en la inmensidad del escenario asiendo con fuerza su partitura.

Harpo se cruzó de brazos y confió esperanzado en que ella arreglara el estropicio. Emma era un bello pájaro cantor que nunca defraudaba a su público. De hecho, muchos de los asistentes pagaban la entrada del teatro tan sólo por ver su actuación. No era especialmente bella, pero desbordaba talento. No era justo en absoluto que se conformara con actuar en un pobre espectáculo de vodevil.

El chico se aferró al telón polvoriento y buscó el agujero por el que solía curiosear las otras actuaciones. Sentada al piano, Emma acababa de desplegar su partitura y daba inicio a la pieza. Una canción ligera que comenzó a despertar a las filas de espectadores adormilados.

—Canta como los ángeles, ¿verdad que sí? —susurró una voz madura justo al lado de Harpo.

El muchacho se sintió como si le hubieran leído el pensamiento. Pero no le sorprendió en absoluto: el señor Sebastian, el hombre que acababa de hablar, poseía muchas cualidades, algunas de ellas a buen seguro que ocultas. Sebastian era el ventrílocuo de la compañía, y su espectáculo consistía en crear voces imposibles para que su inseparable marioneta, el señor MacGuffin, pudiera expresarse sin tapujos. La gente se moría de la risa cada vez que el muñeco intervenía. Todos disfrutaban con sus bromas, a pesar de que el único truco era la impresionante pericia de los labios del señor Sebastian, que se movían en secreto, sin que el público se diera cuenta.

El hombre acababa de bajar las escaleras de los camerinos trayendo a su muñeco consigo. Era un anciano con un aspecto algo ajado, aunque entrañable. Y se asomaba por una rendija de la cortina, mirando embelesado las grandes dotes melódicas de la mejor actriz de la compañía.

—¿Qué le ha sucedido esta noche, señor Marx? —preguntó Sebastian dejando caer la cortina para concentrarse en el problema que abrumaba a Harpo.

—No lo sé... —contestó el chico—. Supongo que lo mismo que el resto de las noches. No consigo hacerme con el público.

—Se exige demasiado a usted mismo —observó el ventrílocuo. Y elevó la mano derecha para levantar al señor MacGuffin, que afirmó con la cabeza.

Harpo sonrió al ver moverse a la marioneta. Sabía que Sebastian era el responsable de manejarla por dentro, pero era como si la fantasía de que el muñeco cobrara vida pudiera convertirse en algo real.

—Los dos creemos que debería usted cantar más alto, ¿no es cierto, señor MacGuffin?

El muñeco volvió a asentir ante el consejo de su dueño. Y sus mechones de cabello natural despidieron una nubecita de polvo.

—No creo que sea eso —contestó Harpo mirando a los dos al mismo tiempo—. Mi voz es horrible, chillona, no sirve para ser un buen cómico. Y supongo que no hay remedio para eso.

El señor Sebastian asintió y sus ojos sonrieron. Giró la cabeza y su mirada se cruzó con la del señor MacGuffin, que sacudió los hombros y comenzó a menear su cabecita de cartón.

—Entonces, ¿por qué continúa intentándolo? —preguntó.

Harpo desvió su mirada y observó de reojo a Emma por el agujero del telón. Se la veía disfrutar con su trabajo. Estaba realizando una interpretación digna de una artista de Broadway, y el chico supo que cualquiera de los compañeros que cada noche se subían a aquel escenario comprendería los motivos de desear ser bueno en su actuación. Pero no contestó.

—¿Cree que Emma llegó a este mundo interpretando así ante el piano? —continuó el señor Sebastian mirando fijamente al chico—. Ningún artista nace sabiendo, cada uno ha de encontrar su propio camino. Así las malas noches llegarán a convertirse en grandiosas.

El muchacho asintió. Tal vez no se tratara más que de una mala racha. Y vio cómo Sebastian volvía a mostrarle al señor MacGuffin, que elevaba una de sus manitas al frente y la plantaba ante sus narices.

—Prométale al señor MacGuffin que su próxima actuación será mucho mejor que la de esta noche —exigió el señor Sebastian.

Los ojos brillantes del muñeco le observaban como si un alma verdadera se hubiera apoderado de aquel trozo de cartón y fieltro. Harpo pensó que ésa era la mejor actitud que podía tomar si quería continuar siendo un integrante de aquella compañía. El teatro formaba parte de su vida, y no debía amedrentarse por una mala noche, así que decidió que debía estrechar el bracito del señor MacGuffin y dejar marchar todos los malos pensamientos.

Sacó su mano del bolsillo y la dirigió al frente, decidido a intentarlo. Pero de repente un chillido desgarrado interrumpió el sello del acuerdo. La música había cesado, y comenzaron a oírse gritos y llamadas de auxilio. Sebastian bajó al señor MacGuffin, y toda la fantasía que se había creado alrededor del muñeco se desvaneció como por arte de magia. Harpo también sintió que volvía al mundo real cuando se giró intentando ubicar los gritos, que provenían del patio de butacas.

Miró al señor Sebastian y ambos descorrieron el telón de fondo, justo a tiempo para ver cómo los espectadores se habían levantado de sus butacas y gritaban alarmados. Y cuando el chico creía que el humo o las llamas podrían estar a punto de devorarlos, sus ojos se toparon con el horrible motivo de tanto desconcierto: sobre el suelo del escenario, el cuerpo inerte de Emma deliraba, tras haberse derrumbado a los pies del piano.

Capítulo 1
La Medalla del Ciudadano

Cuando Morritos vio los copos de nieve que comenzaban a caer al otro lado de la ventana, pensó que era una perra afortunada. No sólo por encontrarse en una habitación caliente que la resguardara de aquel frío de diciembre, sino porque ser invitada a uno de los despachos más lustrosos de toda la ciudad no era precisamente una tontería.

El comisario Churchill, un viejo amigo, acababa de ser ascendido a Inspector Jefe. Su meticulosidad y la calidad de su trabajo no habían pasado desapercibidos para sus superiores, así que el Jefe de Policía de Londres había decidido premiar sus logros obsequiándolo con un puesto de más responsabilidad. Churchill había tenido que despedirse de la pequeña comisaría en la que llevaba destinado toda la vida para iniciar una nueva etapa en un ostentoso despacho. Y en cuanto estuvo instalado, decidió que era muy urgente que Alfred, Agatha y Morritos acudieran a verlo. Había algo muy importante que debía comunicarles.

Los chicos y la perrita estaban entusiasmados ante aquella invitación, aunque llevaban más de dos días intrigados. Ninguno acertaba a adivinar lo que el señor Churchill se traería entre manos. El inspector los había convocado a una reunión en Scotland Yard, sede de su nuevo despacho. Y dejando aparte la celebración de su reciente ascenso, ni Alfred ni Agatha podían imaginar el porqué de tanta ceremonia.

—Me sorprende que los miembros de la mejor agencia de investigación de Londres no sean capaces de adivinar el motivo de esta visita —indicó Churchill una vez que los niños y la perrita estuvieron correctamente aposentados.

Agatha miró sorprendida a Alfred y a Morritos. Desde que decidió fundar Miller & Jones, su afamada agencia de detectives, ninguno de los misterios que se le habían presentado habían quedado sin respuesta. Pero en aquel momento se sentía absolutamente fuera de combate.

—Supongo que sabrán que mi ascenso ha sido la consecuencia de años de trabajo y de esfuerzo por encontrar la verdad —Churchill infló su pecho muy orgulloso.

Alfred estaba de acuerdo. Desde que conoció a Churchill, sabía que pasaba largas jornadas tratando de meter entre rejas a todo el que tuviera algo de lo que responder ante la ley. Alfred aún recordaba la vez que su padre, el señor Hitchcock, le castigó a ser encerrado en una de las celdas de la comisaría, y cómo el comisario Churchill había cumplido el encargo a pesar de tratarle bien. El chico sonrió al evocar aquel recuerdo lejano, pues si no hubiera sido por aquel castigo, no habría tenido la suerte de encontrar a Agatha y a Morritos. Y sus aventuras nunca habrían comenzado.

—¿Qué tal se encuentra su padre, señor Hitchcock? —añadió el inspector Churchill al ver que Alfred se había quedado un poco distraído.

—Estupendamente —contestó el niño sorprendido de que Churchill hubiera adivinado sus reflexiones—. Aunque últimamente está demasiado atareado en la tienda. Las Navidades están al caer y ya sabe...

—Entiendo —afirmó el inspector guardando para sí sus misteriosos pensamientos. Después se levantó de su enorme sillón de cuero y avanzó hacia el fondo de la estancia.

Agatha echó una ojeada al lujoso despacho. La sala era casi tan amplia como un jardín. Y al fijarse en la estantería que decoraba la pared, observó que estaba casi vacía, pues las pocas pertenencias que Churchill había traído de su antiguo puesto apenas completaban la mitad de la librería. No parecía que hubiera tardado mucho en hacer el traslado.

El recién nombrado inspector abrió un cajón de una pequeña cómoda y extrajo algo parecido a un sobre. Los niños, que seguían igual de sorprendidos que al inicio de la conversación, volvieron a mirarse extrañados. Churchill avanzó hacia ellos convencido de que sus palabras no iban a defraudarlos.

—Espero que su padre sepa encontrar un poco de tiempo para reunirse con nosotros dentro de una semana —sonrió con una mirada cómplice.

Alfred no acertaba a adivinar qué tendría que ver su padre con aquella visita, y una especie de temor comenzó a revolverle el estómago. Esperaba que todo eso no se debiera a un nuevo intento de castigo. El inspector, al ver la expresión de alarma del chico, decidió que ya era hora de revelar de una vez por todas el misterio, y alargó el sobre a los niños.

—Es un gran honor comunicarles que, debido

a los servicios que la agencia de investigación Miller & Jones ha prestado a la ciudad, el Jefe de Policía de Londres y yo mismo hemos decidido recompensarlos.

Agatha tomó el sobre y lo abrió de inmediato mientras los dos rabitos de Morritos comenzaron a agitarse de emoción.

Churchill continuó explicándose:

—La honorable institución de Scotland Yard, a la cual pertenezco desde hace sólo unos días, ha decidido otorgarles una condecoración en agradecimiento por sus valiosas aportaciones. El acto tendrá lugar la semana que viene y los tres la recibirán de manos del Jefe de Policía en persona.

Morritos comenzó a ladrar y se puso a dar vueltas sobre sí misma. Alfred y Agatha también se levantaron de sus asientos y gritaron de júbilo. Hubiera sido imposible guardar la compostura ante aquellas maravillosas noticias. Pues así era, el contenido del sobre lo atestiguaba: el Jefe de Policía de Londres, la mayor autoridad de la institución de Scotland Yard, les agradecía sus aportaciones y se comprometía a entregarles la Medalla del Ciudadano. Un honor que muy pocos elegidos habían logrado obtener.

Al ver cómo los niños celebraban las noticias, Churchill se cruzó de brazos y sonrió orgulloso. Sabía que aquella información era para ellos toda una sorpresa.

—¡Pero esta medalla la recibe muy poca gente! —exclamó Agatha tras tranquilizarse y volver a su asiento—. Mi vecino, el señor Doyle, tiene una, pero la ganó tras muchos años de colaboraciones.

—Sir Arthur Conan Doyle es uno de nuestros premiados más ilustres, así es —confirmó el comisario—. Y también es cierto que tardó mucho más tiempo que ustedes en obtenerla. Sin embargo, la ayuda de su agencia ha sido importantísima para resolver muchos asuntos. Y sinceramente, señorita Agatha, es lo mínimo que puedo hacer tras un ascenso como éste, en el que, seamos francos, sus aportaciones han sido imprescindibles.

Agatha miraba embelesada al inspector Churchill, casi como si sus palabras fueran algo irreal. Era increíble que aquello estuviera sucediendo. Ni habría soñado con algo parecido cuando fundó la agencia. Al principio, Morritos y ella habían empezado casi por entretenerse, como si se tratara de un juego. Pero cuando sus deducciones fueron cada vez más eficaces, y sobre todo cuando Alfred se cruzó con ellas de forma casual, las investigaciones de Miller & Jones se habían visto inmersas en casos cada vez más serios. Hasta el punto de resolver misterios que casi daba miedo recordar.

El inspector regresó con parsimonia hasta el sillón de su mesa de despacho y depositó su enorme trasero sobre el asiento de piel. Una pila de papeles esperaba sobre la mesa a ser revisada, y Agatha supuso que aquel puesto de tanta responsabilidad conllevaría también una gran carga de trabajo.

—Aún no nos ha contado nada de su ascenso —dijo maravillada ante la decoración del nuevo despacho—. ¿Es tal y como esperaba?

—La verdad es que aún no he tenido tiempo para amoldarme al cambio —contestó Churchill—. Pero creo que a partir de ahora voy a pasar muchas horas trabajando.

—¿De veras? —Agatha aplastó sus deditos blancos sobre la mesa—. ¿Algún caso misterioso sin resolver?

Churchill miró a la niña con pericia y una sonrisa se dibujó en sus labios. Sabía que Alfred y Agatha se alegraban de su nuevo ascenso casi tanto como él, pero también era consciente de que la curiosidad de la niña no tenía límites. El hecho de que él ocupara un cargo de Inspector Jefe dentro de la institución más importante en la lucha contra el crimen suponía para Agatha una emoción sin precedentes. Así que dejó pasar unos segundos sin contestar, justo lo necesario para que la niña comenzara a impacientarse.

—Lo cierto es que esta mañana me han encomendado mi primer caso —susurró al fin el inspector—. Se trata de algo muy extraño y peliagudo. Un asunto delicado que, dada su importancia, he de llevar con discreción.

—Por supuesto, inspector Churchill —contestó Agatha bajando la barbilla. No había estado bien intentar sonsacar información. Su extrema curiosidad podía haber puesto al inspector en un compromiso.

El hombre esperó a que la niña guardara silencio y a continuación empezó a carcajearse mientras miraba con complicidad a Alfred.

—Señorita Agatha, ¡era una broma! ¡Los detalles de mi caso ya los conoce medio Londres!

La niña no supo cómo disimular su vergüenza. Churchill tan sólo había pretendido ponerla en un aprieto. Le daba rabia darse cuenta de que a veces las personas le tomaban el pelo. Su exquisita educación solía jugarle malas pasadas, cosa que siempre le hacía morirse de la vergüenza. Viendo que todo era un truco del inspector Churchill para divertirse, dejó a un lado su poco sentido del humor para interesarse por aquel caso tan importante, del que al parecer media ciudad, entre la cual ella no se encontraba, estaba ya enterada.

—¿Qué ha sucedido, inspector Churchill?

El inspector desplegó un ejemplar del *Times* ante ellos y se incorporó sobre su mesa.

—Se trata de Sarah Bernhardt, la famosa actriz. Ha desaparecido de forma misteriosa.

—¡¿Sarah Bernhardt?! ¡Eso es imposible! —exclamó Agatha mirando al inspector con desconfianza—. No será otra de sus bromas...

—No, señorita Agatha, esto no es una broma —contestó el inspector mostrándoles el periódico—. Miren. Esta mañana la prensa ha dado la noticia, aunque nosotros ya estábamos enterados desde ayer.

DESAPARECIDA

La gran Sarah Bernhardt, buscada por la policía

Alfred se acercó para mirar la portada y al verla se quedó de la misma manera que si no hubiera leído nada. No sabía quién era esa tal Sarah Bernhardt, ni por qué Agatha se había sorprendido tanto al enterarse. Quizá aquello se debiera a que él no había ido mucho al teatro ni a la ópera. Por no decir nunca. Aunque Agatha, que procedía de la zona más elegante de Londres, seguro que sabría aclarárselo.

—Sarah Bernhardt es una actriz muy importante —explicó la niña—. Podría decirse que la mejor de todos los tiempos. De hecho fue la primera que fundó su propia compañía en Francia y que comenzó a hacer giras por todo el mundo. Además, es dueña de varios teatros. Es toda una leyenda.

—Así es —continuó Churchill—. La gran Sarah Bernhardt llevaba dos meses afincada en Londres supervisando las obras de su nuevo teatro. Y hace dos días que nadie sabe nada de ella, ni siquiera su doncella. La muchacha nos llamó alarmada al ver que la señora Bernhardt llevaba dos noches sin regresar a casa. Sus maletas siguen en su armario, no hay signos de movimiento por ningún lado. Es... como si se la hubiera tragado la tierra.

—Qué extraño... —musitó Alfred—. Supongo que tendrá que interrogar a los vecinos por si hubo algún movimiento.

—Lo hicimos —confirmó Churchill—. Nadie vio nada extraño. Salió de casa el sábado por la mañana y ya no regresó. También hemos preguntado a los obreros del teatro, pero ninguno ha sabido aportar nada interesante. Se está convirtiendo en un caso complicado...

Agatha imaginaba la inquietud del inspector Churchill. No sólo se trataba de resolver el caso, cosa que representaba una prioridad para él, sino que también debía demostrar que su nuevo ascenso era bien merecido. Y puede que aquello le añadiera presión al asunto.

El inspector vio el rostro de preocupación de la niña y le quitó importancia.

—Vamos, no se inquiete. Estoy convencido de que daremos con su paradero. Con todos los casos resueltos que llevo a mis espaldas, seguro que éste es pan comido —dijo levantándose del asiento para despedirse de los niños.

Morritos saltó de la silla y avanzó por la estancia hasta reunirse con sus amigos.

Agatha no sabía cómo darle las gracias a Churchill por todo lo que había pasado. No sólo por incitar al Jefe de Policía para lo de la Medalla del Ciudadano, sino porque el hecho de que el inspector confiara en ellos para relatarles parte de la investigación la colmaba de gozo. Para una humilde detective como ella era un honor codearse con personalidades de tal calibre, y más si éstos le confesaban sus deducciones.

La niña avanzó junto a Alfred y Morritos hacia la puerta y tomó su abrigo del perchero. Fuera hacía bastante frío y era necesario que los tres se abrigaran bien antes de salir a la calle. Cuando estuvieron listos, echaron un último vistazo al inspector, que ya había tomado el primero de los expedientes y se disponía a seguir con su trabajo.

—Por favor, ya sabe que si necesita cualquier cosa... —se ofreció Alfred antes de salir por la puerta.

El inspector levantó la mirada del expediente y volvió a sonreír con la misma admiración con que lo había estado haciendo durante toda la visita.

—Gracias, señor Alfred. Sé de sobra que puedo contar con ustedes. Van a recibir una Medalla del Ciudadano. Así que no dude que requeriré sus servicios en caso de que sea necesario.

Capítulo 2

La tierra de las oportunidades

Agatha, Alfred y Morritos avanzaban por Brown Street como si sus piernas midieran dos metros. Ninguno podía disimular su orgullo tras la visita al despacho de Churchill. Aquella noticia había sido tan inesperada que aún costaba creerla.

—¡¿Has oído?! —había gritado Alfred en cuanto salieron de Scotland Yard—. ¡La Medalla del Ciudadano! ¡Mi padre va a volverse loco cuando se entere!

El chico no había parado de hacer aspavientos durante todo el viaje de regreso a Bayswater y avanzaba por la calle rememorando la visita. Agitaba sin parar el sobre con la notificación, leyéndolo una y otra vez. Y Agatha y Morritos se miraban orgullosas, sabiendo que en el barrio la noticia correría como la pólvora.

—Qué bondadoso ha sido el inspector Churchill —comentó la niña una vez que llegaron a la esquina de su calle—. Es admirable que se haya acordado tan rápido de nosotros. Sobre todo cuando hace tan sólo unos días que le han ascendido.

—Es cierto. Y más con un caso como el de esa actriz entre manos —añadió Alfred—. ¿Qué opinas de lo que nos ha contado?

—No sé qué pensar —contestó la niña—. La desaparición de Sarah Bernhardt me ha dejado de piedra. Y con tan poco tiempo no he podido hacerme una idea clara de los hechos. Aunque creo que algo malo debe de haber sucedido.

—¿Por qué lo dices?

—Porque un actor nunca falta a sus responsabilidades —afirmó la niña con contundencia—. Es una regla de oro entre los actores. El trabajo nunca se interrumpe. Ni siquiera por el fallecimiento de alguien. El espectáculo debe continuar.

Alfred se sorprendió ante aquella norma tan exigente. En el Colegio San Ignacio, donde él estudiaba, hacía unos días que se preparaba la función de Navidad. El padre Alexander se había empeñado en comenzar demasiado pronto con los ensayos y Alfred se sentía abrumado ante la idea de salir al escenario junto al resto de la clase. No comprendía cómo la gente podía disfrutar al subirse a un altillo y hacer el ridículo. Se ponía enfermo sólo con pensarlo; en cuanto estuviera en mitad de la escena, todos se reirían de él. Había rogado al padre Alexander que le diera el papel más discreto de la obra, el que requiriera menos ensayo y poca actuación. Pero la venganza del maestro había sido tan cruel que no había hecho otra cosa que asignarle el protagonista.

—Menudas Navidades me esperan —se quejó el niño tras recordar el asunto de la obra de teatro—. Yo daría lo que fuera por no tener que actuar en la función del colegio.

—Eres un exagerado —contestó Agatha al oír la queja de Alfred—. A mí me encantaría participar en algo así. Seguro que es muy divertido.

Agatha sabía que sus Navidades serían como siempre en los últimos años. Pasaría las mañanas aburrida intentando matar el tiempo en la biblioteca, pues su institutriz se tomaba vacaciones y sus padres estaban demasiado atareados con la gala benéfica que su madre presidía todos los años. La idea de ser la protagonista en una obra de teatro infantil habría sido mejor que cualquier regalo a los pies de árbol. Pero Alfred no se daba cuenta y llevaba tres días en los que no hacía nada más que protestar.

—Menos mal que te van a dar la Medalla del Ciudadano —dijo la niña con retintín—. Así al menos dejarás de ser tan cascarrabias.

Y empujó la verja de la entrada de su casa mientras dejaba que Alfred y Morritos la siguieran hacia el interior.

* * *

Nada más traspasar el vestíbulo de la mansión Miller, los niños sintieron como si una verdadera tormenta invernal hubiera asolado la casa. No parecía haber nadie y a Agatha le pareció extraño, pues era raro que nadie acudiera a recibirlos.

Supuso que no debía darle mucha importancia y dejó su abrigo en el perchero, mientras Alfred y Morritos corrían veloces hacia la chimenea. El trayecto hasta Brown Street los había dejado helados y no había nada mejor que un buen fuego para entrar rápidamente en calor.

Alfred sacó la carta de la Medalla del Ciudadano y la acercó a la chimenea con mucho cuidado. Los copos de nieve habían humedecido parte del sobre, aunque el escudo de Scotland Yard, que lucía majestuoso a la izquierda, no se había visto afectado.

—Debí ser más prudente —se lamentó mientras calentaba el papel frente a las llamas—. Me gustaría que la carta estuviera perfecta para cuando la vean nuestros padres.

Agatha chascó la lengua. No estaba muy convencida de que aquello fuera buena idea.

—Creo que lo mejor es que la vean los tuyos. En mi casa no van a hacerle mucho caso.

—¿Por qué? —preguntó Alfred—. Es un honor que la hayas recibido. Seguro que tu madre se alegra. Aunque si te da vergüenza, yo se lo diré.

Y justo cuando acababa de enunciar esas palabras, la señora Miller apareció en mitad del salón taconeando sus zapatitos con rapidez.

—¡Oh, qué tarde es! ¡No entiendo cómo puede retrasarse tanto!

Alfred se arrepintió enseguida de haber hecho su ofrecimiento. Por la velocidad de la señora Miller, no parecía que fuera a detenerse a escuchar. La mujer era igual que un tornado y, en cuanto vio a los niños junto a la chimenea, corrió hacia ellos, muy alterada.

—Querida, ¿te has enterado? Es la portada de todos los periódicos. ¡Sarah Bernhardt ha desaparecido!

Las mejillas de la señora Miller estaban rojas de alborozo.

Agatha asintió con resignación y comprobó que su madre jamás entendería lo trágico que podía llegar a ser un caso de aquellas dimensiones. Para ella no era nada más que algo de lo que poder charlar a la hora del té.

Alfred, mientras tanto, observó el sobre que aún sostenía en la mano y, tras mirar a Agatha un segundo, decidió que lo mejor era volver a guardarlo en el bolsillo. Su amiga llevaba razón: aquél no era el momento adecuado para hablar con la señora Miller.

—Espero que la señora Hubbard no se retrase mucho más o llegaré tarde a la reunión —refunfuñaba la mujer retocando su peinado frente al espejo.

—¿No te lleva Hércules? —preguntó Agatha sorprendida de no ver por allí al mayordomo.

—Ha recibido un telegrama urgente esta tarde —contestó su madre—. No sé qué habrá pasado, pero ha salido corriendo a contestarlo. Le he dicho que llamara por teléfono desde aquí, pero me ha dicho que no podía ser y que tenía que ir a la central de telégrafos de inmediato.

Morritos alzó una ceja y miró a Agatha con seriedad.

—Este asunto ha sido toda una inconveniencia —continuó la señora Miller mientras abrochaba su estola de piel al cuello—. Esperaba que Hércules me llevara a la reunión de Damas Benéficas. Falta muy poco para el día de la gala y aún nos quedan muchas cosas por decidir. Por suerte me iré con la señora Hubbard.

Como era habitual, Clara Miller no pensaba más que en sí misma.

Agatha miró a Morritos preocupada por aquellas palabras. Hércules jamás se marchaba de repente sin atender su trabajo, y aquello sólo podía deberse a un motivo: ese telegrama le informaba de algo grave. La perrita también se había dado cuenta y en aquel momento acudía hacia la ventana. Pero antes de que pudiera divisar nada entre los copos que caían con fuerza, la puerta de la casa se abrió y un sudoroso Hércules apareció sepultado por una gruesa capa de nieve.

—Lo siento, señora Miller —exclamó jadeante el mayordomo—. Disculpe esta inconveniencia precisamente el día libre del servicio, pero no he podido llegar antes.

Y se desarmó en un concierto de toses que encogió a todos.

—Hércules, por favor, ¡séquese esas ropas lo antes posible! —exclamó la madre de Agatha—. ¡Pescará un resfriado de los que hacen época!

El mayordomo se incorporó un poco y avanzó por el vestíbulo tambaleándose. Al verlo, los niños fueron corriendo a sostenerlo y lo guiaron hasta la butaca que había junto a la chimenea.

Tras suspirar por tanta contrariedad, la señora Miller abrió uno de los armarios de la entrada y cubrió con una manta al mayordomo. El pobre Hércules temblaba de frío. Su tez estaba tan blanca como los copos que aún cubrían su chaqueta. Y escondió las manos bajo la manta cobijándose como un cachorrillo.

—¿Pero cómo es posible que se haya empapado de esta manera? —le riñó la señora Miller—. ¿Acaso no se ha llevado el coche hasta la central de telégrafos?

—Lamentablemente el auto se averió —el mayordomo estaba casi sin aliento—. He intentado repararlo, pero ha sido inútil, así que no he tenido más remedio que dejarlo aparcado y volver a pie.

—¿Y por qué diantres no tomó usted un taxi? —le reprendió la señora Miller poniendo los ojos en blanco.

—Pues... no se me ocurrió —susurró Hércules aferrándose con fuerza a la manta.

La señora Miller suspiró, muy contrariada. Y Alfred comprendió el motivo por el que el mayordomo habría hecho el trayecto a pie. Los taxis eran un lujo impensable para alguien que trabajara en el servicio. El importe del viaje sería casi tan elevado como una semana de su salario, y puede que Hércules no pudiera permitirse un gasto semejante.

El sonido de un claxon resonó desde la calle y Clara Miller fue a asomarse a la ventana.

—¡Es la señora Hubbard! —exclamó aliviada—. Hércules, abríguese bien y tómese un buen vaso de leche. Los niños cuidarán de usted. ¡Yo tengo que marcharme!

Y corrió hacia la puerta sin permitir que nada volviera a retrasar su marcha.

Una vez que la señora Miller hubo desaparecido, Agatha y Alfred ayudaron a Hércules a quitarse la chaqueta empapada. El mayordomo no puso objeciones a aquellas atenciones por parte de los niños y se tomó sin rechistar el vaso de leche con miel que Agatha se encargó de prepararle. Pero su mirada andaba perdida, como si algo muy grave fuera el centro de sus preocupaciones.

Agatha volvió a mirar a Morritos. La inquietud del mayordomo no había pasado desapercibida tampoco para la perrita, que aprovechó para subirse sobre el regazo de Hércules y darle calor.

Éste guardaba un silencio sepulcral. Su rostro afable se había convertido en un carámbano imposible de derretir, y a pesar de que su respiración y su temperatura ya se habían aclimatado, sus manos continuaban temblando. Puede que sus preocupaciones tuvieran algo que ver con aquel telegrama. Era lógico pensar algo así. Pero Hércules era una persona tan discreta que Agatha no se atrevía a preguntarle directamente.

Alfred se acercó a la cesta de mimbre que había junto a la chimenea y escogió un buen leño con el que avivar el fuego. Agatha creyó que sería imposible interrogar al mayordomo sobre el motivo de su cara de ajo, pero se sorprendió al ver que él mismo vencía su compostura al abrigo de la manta.

—Señorita Agatha, yo... necesito su ayuda.

Agatha se giró alarmada tras escuchar aquellas palabras. Durante todos los años que Hércules había estado al servicio en la casa Miller, jamás había oído de sus labios una petición semejante. Y supuso que algo muy grave debía de haber sucedido para que se decidiera a realizar una confesión tan inusual.

—Hércules, ¿qué sucede? —preguntó la niña.

—Algo horrible..., espantoso... Tanto que tengo que ausentarme por unos días.

El mayordomo tragó saliva y agachó la cabeza. Las aletas de su nariz temblaban, como si estuvieran luchando por contener las lágrimas. Morritos se incorporó sobre su regazo notando aquella opresión. Hasta que al fin Hércules elevó el rostro y posó su mirada en Agatha.

—Mi hermana Emma ha sufrido un grave accidente.

—¿Emma? —preguntó la niña—. ¿La actriz? ¿La que está en Nueva York?

—Así es, señorita Agatha —confirmó el mayordomo con gravedad—. Algo horrible le ha sucedido.

Me he enterado esta mañana por un telegrama que me han enviado sus compañeros del teatro, aunque no me han aclarado gran cosa. Tan sólo que sufrió un accidente mientras estaba actuando y que se encuentra muy enferma en un hospital de Nueva York.

Agatha evocó por unos instantes el rostro de Emma, saludándola un caluroso día de verano. Ella era muy pequeña, pero aún recordaba la tarde que se conocieron, dando un paseo por Hyde Park. Días después de aquello, Hércules la había llevado a verla al teatro. Rememoró su pelo rubio y lo encantadora que resultaba sobre el escenario con su traje de dama de época. Después de aquello, Agatha tan sólo había sabido de Emma por comentarios esporádicos, y con el tiempo su recuerdo se había convertido en un maniquí con el rostro desdibujado. Hasta el punto de que la única imagen que podía recordar de ella era la de la fotografía que el mayordomo conservaba en su dormitorio. Un pequeño retrato con su hermana vestida de pierrot.

—Hércules, debes ir junto a ella —dijo la niña tras regresar de sus pensamientos—. No debes preocuparte por nosotros en un momento tan difícil como éste.

—No sé cómo decirle a su padre que necesito ir a Nueva York urgentemente —se lamentó el mayordomo—. El viaje es carísimo y no está aquí al lado precisamente. Requerirá que me ausente bastantes días. Por no hablar del coste del billete. Tendré que pedirles el dinero prestado, aunque puede estar bien segura de que se lo devolveré cuanto antes.

—Creo que estás preocupándote sin razón. Todo eso puede arreglarse —dijo la niña.

—¿En serio? —intervino Alfred—. ¿Cómo vas a hacerlo?

—Hace mucho tiempo que no voy a visitar a la abuelita Miller a Nueva York. Llevo meses retrasando ese viaje y creo que será una sorpresa para ella si aprovechamos estos días previos a las Navidades. Y por supuesto, Hércules es el más indicado para acompañarme.

El mayordomo se incorporó como una planta seca a la que le acabaran de echar agua.

—¿De veras piensa hacer eso, señorita Agatha? ¿Cree que su padre aceptará?

—Por supuesto —contestó la niña—. Estará encantado de que me vaya mientras ellos están tan atareados con la gala benéfica. Además, el precio del billete será lo de menos pues viajarás como mi acompañante. Y tampoco has de preocuparte por nada, ya que todos iremos en primera clase. ¿Qué dices, Alfred? ¿Te apetecería venir con nosotros a Nueva York?

Al oír aquella sugerencia, Alfred creyó que todo se trataba de una broma. No podía ser que Agatha acabara de hacerle una invitación semejante.

—Sí, Alfred, no me mires con esa cara —insistió la niña—. Nueva York es una ciudad increíble y estoy convencida de que te encantaría. Aunque si no te apetece..., no tienes por qué aceptar.

El chico mantenía la boca abierta, incapaz de poder cerrarla. Sin duda aquella oportunidad era algo extraordinario. Siempre había soñado con conocer la Gran Manzana. Y Agatha lo sabía. Estaba poniéndole un caramelo delante de las narices, convencida de que no podría negarse. Pero de repente, una ráfaga oscura ensombreció sus ilusiones. Por un momento lo había olvidado todo, dejándose llevar por la emoción. Sin embargo, que él acompañara a Agatha en aquel viaje no iba a ser tan sencillo.

—Creo que no has contado con algo importante —dijo Alfred expresando al fin sus preocupaciones.

—¿A qué te refieres?

—Mis padres. Sabes de sobra que será muy difícil convencerlos de emprender un viaje así.

—¡Pero Alfred! ¿Qué tontería es ésa? ¿Se van a negar tus padres a algo semejante? América es impresionante, ¡la tierra de las oportunidades! Y ningún padre negaría a su hijo viajar a una ciudad como Nueva York, repleta de cosas interesantes. Es un viaje único en la vida. Una ocasión inmejorable de conocer grandes cosas. Toda una experiencia para cualquier niño. Así que dime sinceramente: ¿crees que tus padres no van a dejar que la aproveches?

* * *

—¡No! ¡De ninguna manera! —chilló la madre de Alfred sin acabar de creer lo que su hijo acababa de plantearle—. ¡Este niño se ha vuelto loco!

La señora Hitchcock miraba atónita a su hijo, como si pensara que una extraña enfermedad mental se hubiera apoderado de su cerebro. Agitaba nerviosa su cucharón mientras el puré de patata comenzaba a salpicar el mantel.

Alfred había intentado plantear el ofrecimiento en las mejores circunstancias. Había esperado a la hora de la cena, el momento en el que sus padres estaban de mejor humor, para soltar la bomba. Pero en contra de lo que había esperado, la cuestión de viajar a Nueva York con Agatha no parecía ser algo tan normal. Y ambos le miraban asombrados mientras los trozos de carne en salsa esperaban humeantes sobre sus platos.

—Pero ¿tú te has creído que te puedes ir a Nueva York así por las buenas? —continuó la señora Hitchcock.

—No es por las buenas —se defendió el niño—. Agatha me ha invitado. No os costará una libra y, además, no hay peligro alguno porque vamos a casa de su abuela. ¡Será una experiencia única!

La señora Hitchcock abrió tanto la boca que Alfred creyó que el agujero invadiría todo su rostro. Miró con firmeza a su marido, que aún sostenía su tenedor en la mano, incapaz de creer la discusión que estaba presenciando. Y Alfred rogó que tanta insistencia por su parte no se volviera en su contra a modo de castigo. Ir a la celda de la comisaría era agradable estando Churchill, pero no tenía ni idea de qué carácter tendría su sustituto.

—Alfred, escúchame bien. Y estate muy atento porque no pienso repetírtelo —la señora Hitchcock estaba tan nerviosa que apretaba con fuerza su servilleta de hilo—. Agatha es una buena chica y no nos oponemos a que juegues con ella. Pero debes comprender que sus costumbres y su educación son muy diferentes a las del Barrio Este. Ni a tu padre ni a mí nos importa que seáis amigos, pero esto... ¡Esto son palabras mayores!

Alfred agachó la cabeza consciente de que no tendría muchos más argumentos para inclinar la balanza a su favor. Miró de reojo a su padre y vio cómo asentía en silencio. La señora Hitchcock detuvo por un instante sus gritos y soltó la servilleta mirando fijamente a Alfred.

—No hemos hablado tampoco del colegio —añadió intentando calmarse—. Si te fueras, tendrías que faltar dos semanas a clase y ni tu padre ni yo estamos de acuerdo.

—¡Pero si lo único que haremos es ensayar la función de Navidad! —protestó Alfred cruzándose de brazos—. Odio actuar delante de la gente y, además, ¡es una pérdida de tiempo!

—Será una pérdida de tiempo, pero es tu obligación —intervino el señor Hitchcock con dureza—.

Tú vas a tu escuela, la escuela del Barrio Este. Y si vas de viaje lo harás con nosotros, a Bedford, como todos los años.

—¡Pero Bedford no tiene nada que ver con Nueva York! ¿Cómo puedes compararlo?

—Bedford es el único sitio que nuestra familia puede permitirse. Y siento que para ti no sea suficiente, pero muchos agradecerían poder pasar unos días de vacaciones lejos de Londres. No todo el mundo puede hacerlo.

Alfred notaba que la rabia y la impotencia comenzaban a humedecerle los ojos. Le parecía increíble que sus padres fueran tan crueles como para impedirle realizar un viaje así. No sabía qué hacer para convencerlos.

—Debes entenderlo, hijo —insistió la señora Hitchcock apoyando las palabras de su marido—. Nosotros no pertenecemos a esa clase. Tu lugar es éste, con nosotros. Y aquí es donde debes estar.

Alfred no podía creer que su madre estuviera de acuerdo con esa injusticia. Y se revolvió en un último intento viendo que no tendría más remedio que quedarse.

—¿Quieres decir que por ser del Barrio Este no podré ir nunca a Nueva York?

La madre miró muy seria al señor Hitchcock y después se volvió hacia Alfred.

—A lo mejor algún día, cuando seas mayor. Pero, desde luego, ahora no.

—¡Es injusto!

Alfred arrastró la silla haciendo todo el ruido que pudo y se levantó con furia de la mesa. Después, salió muy turbado por la puerta de la cocina mientras la señora Hitchcock permanecía en silencio. La mujer oyó los pies de su hijo subiendo los peldaños de la escalera y encerrándose en su cuarto. Lo único que quedaba de Alfred era su cena sobre la mesa, aún caliente.

La señora Hitchcock suspiró, tomó el plato y se levantó para retirarlo. Y mientras lo dejaba sobre el mueble de la cocina y lo tapaba con una fuente de barro, deseó que algún día su hijo comprendiera el orden de las cosas, pues a veces era bastante complicado traer un plato a casa todos los días.

Capítulo 3

Preparativos de viaje

—Es una lástima que no puedas acompañarnos, Alfred —se lamentó Agatha cerrando su maleta—. Nueva York te habría encantado.

La niña miraba con pena a su amigo mientras terminaba de preparar su equipaje. Le entristecía separarse de Alfred. Él se había convertido en su mejor amigo. Era su mano derecha en los casos de la agencia y pensar en no verle durante todo ese tiempo se le hacía bastante extraño.

Morritos opinaba lo mismo. Aquel niño bonachón que al principio le había caído tan antipático ahora se había convertido en alguien que la mimaba y la cuidaba casi tanto como Agatha. Iba a ser triste para la perrita viajar a Nueva York sin la compañía de su otro gran amigo.

Pero no había nada que hacer. Los padres de Alfred se habían mostrado inflexibles, y Agatha no había querido insistir cuando Alfred declinó con tristeza su oferta. Había asuntos familiares en los que era mejor no entrometerse. Sólo esperaba que los Hitchcock no se hubieran sentido ofendidos por su invitación.

—No debes preocuparte —la había tranquilizado el niño—. Mis padres opinan que debo quedarme en Londres para ayudar en la tienda de mi padre. Como tiene tanto trabajo estos días, le vendrá bien que le eche una mano. Ya iré en otra ocasión.

Agatha sospechaba que ése no era el verdadero motivo por el que Alfred no asistiría al viaje. Sin embargo, no era cuestión de poner a su amigo en un aprieto con más preguntas. En lugar de eso, tomó la maletita que cobijaría el equipaje de Morritos y la abrió de par en par sobre la cama.

Alfred, por su parte, intentó desviar la conversación:

—¿Entonces tus padres no han puesto problemas en que os marchéis de viaje? —dijo sentándose junto a la maleta de Morritos.

—En absoluto —contestó la niña—. Ya te dije que estarían encantados con la idea. Para ellos es un alivio despreocuparse de mí estos días con el asunto de la gala benéfica.

Morritos saltó sobre el colchón agitando sus dos rabos. Agatha en aquellos momentos cerraba la maleta de la perrita, que incluía unos cuantos jersecitos de lana, especiales para perros, así como su inseparable cojín rojo con borla dorada. Cuando hubo terminado con el equipaje, la niña comprobó que todo estaba ya preparado. Así que se sentó también sobre la cama y desplegó el mapa de Nueva York que su padre le había dado aquella mañana.

—Lo primero que haremos será ir a la estación de Paddington para coger el tren de Londres hasta Liverpool —explicó la niña—. Allí tomaremos el barco, que tardará unos cinco días en llegar a Nueva York.

Alfred envidió aquella existencia despreocupada, en la que las cosas eran siempre tan sencillas. La familia Miller podía permitirse tomar decisiones como ésas sin que comprometieran su honor y su orgullo. Y envidió pertenecer a un lugar como aquél, en el que la gente cogía trenes y barcos siempre que quería.

—Cuando lleguemos al puerto de Nueva York nos desplazaremos hasta la casa de la abuelita Miller, en Union Square. No queda lejos del hospital. Así Hércules podrá ir a visitar a Emma inmediatamente.

—Me habría gustado conocer a tu abuelita. Seguro que es una gran dama neoyorquina.

—¿Bromeas? —rio la niña doblando de nuevo el mapa—. Yo no describiría a mi abuela así jamás. Es más, creo que ella odiaría serlo.

Alfred elevó las cejas, sorprendido por aquella respuesta, y Agatha se levantó de la cama mientras continuaba explicándose.

—La abuelita Miller siempre ha hecho lo que ha querido y jamás ha permitido que nadie tomara decisiones por ella. Desde joven se ha mezclado con cantantes y actores, con gente dedicada al arte. Ella se ha ganado siempre la vida como escritora. Es lo que mi madre considera una «persona excéntrica». Pero yo creo que la gente debería aprender mucho de ella y de su modo de comportarse.

Tal vez había sido un error guiarse por las suposiciones. Alfred no sabía mucho de la abuelita Miller, pero por lo poco que había oído acerca de ella, siempre había pensado en una dama sosa y estirada, que sólo se preocupaba por servir buenas meriendas a sus visitas. Jamás habría imaginado que la madre del señor Miller encajara en esa descripción tan alocada. Aunque conociendo a su nieta, tampoco era algo tan descabellado.

Por su parte, Agatha miró el mapa de Nueva York que aún conservaba en la mano y dudó un momento sobre dónde guardarlo. Si lo introducía en la maleta grande sería difícil encontrarlo hasta que estuvieran instalados en el barco, así que decidió meterlo en su bolsito. Así el mapa estaría más a mano cuando quisiera volver a echarle un vistazo. Iba a hacerlo cuando de pronto el timbre de la entrada los sobresaltó.

Era raro que alguien se presentara en la mansión sin avisar. Sus padres no estaban en casa y ella no esperaba a nadie a aquellas horas. El timbre sonó por segunda vez sin que nadie acudiera al vestíbulo. Agatha supuso que Hércules debía de estar atareado con sus propios preparativos para el viaje. Pensó que no le costaba nada bajar un momento a ver quién era, pues el timbre seguía insistiendo. Así que miró intrigada a sus amigos y los tres corrieron escaleras abajo dispuestos a descubrir quién llamaba a la puerta.

* * *

—¡Inspector Churchill! Vaya una sorpresa.

Agatha no había tardado ni cinco segundos en recorrer todos los peldaños que bajaban desde la primera planta hasta el vestíbulo. Después había abierto la puerta principal para descubrir al afable inspector Churchill helado de frío en el porche.

La niña hizo pasar al antiguo comisario hasta el salón. Alfred y Morritos también avanzaron por el pasillo. Estaban igual de intrigados ante la repentina presencia de Churchill en la casa Miller.

—Perdone que me haya presentado de esta forma, señorita Agatha —se disculpó el hombre tras sacudir la nieve de su sombrero—. El motivo de mi visita es algo urgente y deseaba solucionarlo cuanto antes.

Pero antes de que Alfred y Agatha pensaran en algo malo, el inspector corrió a anular aquella falsa alarma.

—¡Oh, no! No se preocupen. No ha sucedido nada grave. Sólo he venido a comunicarles que, sintiéndolo mucho, tendremos que posponer la entrega de la Medalla del Ciudadano. Hay asuntos importantes que requieren mi atención.

Alfred recibió aquella noticia como una ducha de agua fría en pleno invierno. No sólo no acompañaría a Agatha en su viaje, sino que tampoco le quedaría la ilusión de recibir la condecoración.

—Tranquilo, inspector Churchill, no se preocupe —intervino la niña al ver la cara de su amigo—. Tanto Alfred como yo sabíamos que el asunto de la medalla era algo precipitado. Acaba de incorporarse a su nuevo puesto y es normal que tenga mucho trabajo.

—No, no es eso, señorita —negó Churchill—. El motivo es que he de partir inmediatamente de viaje. Y la causa es un nuevo caso que requiere mi completa atención.

—¿Un nuevo caso? —se sorprendió la niña.

—Así es —contestó el inspector—. Por desgracia en esta ocasión no puedo contarle más. Este nuevo caso se ha convertido en el centro de mis investigaciones. Tendré que delegar todos mis asuntos pendientes, incluido el de Sarah Bernhardt, a otros inspectores, pues no sé por cuánto tiempo estaré fuera de la ciudad.

Agatha lamentó oír eso. Aunque supuso que la enorme competencia de Churchill se estaría viendo recompensada con asuntos delicados. Sabía que, si pudiera hacerlo, el inspector no dudaría en transmitirle más detalles. Así que no insistió más y confió en que, cuando estuviera de vuelta, Churchill le relataría todos los pormenores del caso ya resuelto.

—Señorita Agatha, lo siento pero no puedo entretenerme más —dijo el inspector poniéndose de nuevo el sombrero.

—No se preocupe, señor Churchill. Lo comprendemos perfectamente —contestó la niña, que atravesó de nuevo el pasillo para guiar al inspector hasta la salida.

Churchill siguió a los niños hasta el recibidor. Le habría encantado quedarse a tomar el té, pero era imposible. El hombre abrió la puerta de la casa y, antes de marcharse, se fijó en el objeto que Agatha había sostenido en la mano durante todo el rato.

—¿Qué lleva ahí? —preguntó intrigado—. ¿Un mapa de Nueva York?

—Así es —asintió Agatha, orgullosa—. La hermana de Hércules se ha puesto muy enferma. Así que hemos decidido alojarnos en casa de mi abuela, en Nueva York, para que él pueda estar a su lado. Nos vamos mañana.

—¿Hércules? —dijo Churchill con curiosidad—. No sabía que tuviera una hermana tan lejos.

—Así es —confirmó Agatha—. Se llama Emma, y trabaja allí en un teatro. Es muy buena actriz, se lo aseguro.

El comisario ladeó la cabeza, sorprendido por aquella novedad, pero cuando se fijó en los ojos de Alfred, el niño rehuyó la mirada.

—No. Yo no voy —expresó el chico con algo de melancolía—. Mi padre me necesita en la tienda y hemos decidido que lo mejor es que me quede aquí.

—Oh, siento oír eso, señor Alfred —contestó el inspector consciente de la pena del chico—. Pero no se preocupe, ya habrá otra ocasión. Nueva York no se va a mover de su sitio.

Alfred asintió buscando algo de consuelo en las palabras afables de Churchill, que se colocó su sombrero y salió con paso rápido de la mansión Miller.

Morritos corrió a asomarse a la ventana para ver marchar al inspector. Éste avanzaba por el porche cobijando las manos en los bolsillos de su abrigo. Después bajó hasta el caminito de tierra y salió de la finca de los Miller. Pero cuando cerró la verja tras de sí, y estaba a punto de desaparecer acera abajo, el hombre giró sobre sí mismo echando una última mirada a la casa. Y Morritos sintió un calor muy reconfortante, como si aquel gesto del inspector le hubiera transmitido su protección. Decía mucho de él que antes de marchar sintiera el impulso de volver la vista atrás.

* * *

Una espesa selva de viajeros inundaba el vestíbulo de la estación de Paddington. La solemnidad del edificio, decorado con todo lujo de detalles, no hacía sino acrecentar la tristeza de Alfred. El chico caminaba como un fantasma por el andén, sin querer creer que Agatha y Morritos fueran a marcharse dejándole atrás.

Cómo le habría gustado formar parte de aquella aventura. La noche anterior, cuando llegó a casa, Alfred no había tenido ganas ni de cenar. A pesar de que su madre tocó con los nudillos a la puerta de su habitación para decirle que la sopa estaba en la mesa, se había sentido demasiado dolido como para darle una respuesta. Se había mantenido firme, sin moverse ni un palmo de la cama. Y la mujer había bajado escaleras abajo sin ahondar en la herida.

Le fastidiaba muchísimo que sus padres no

hubieran sido capaces de comprenderle, que hubieran borrado de un plumazo aquel sueño. Y antes de salir de casa aquella mañana, Alfred había depositado el sobre de la Medalla del Ciudadano encima de la mesa de la cocina, convencido de que su madre lo vería al volver a casa. Sabía que era un gesto feo hacérselo saber de esa manera. Le apenaba no haberle mostrado la carta con toda su ilusión. Pero la indignación de aquellos días había sido demasiado fuerte como para tener en cuenta sus modales.

Tras pasar toda la mañana meditando sobre el asunto, ahora pensaba que tal vez había sido algo injusto. Era posible que sus padres tuvieran algo de razón al no dejarle marchar. Puede que les diera miedo o que no creyeran que él supiera desenvolverse solo. Sin embargo, Alfred estaba harto de moverse por el centro de Londres sin la ayuda de nadie, y le habría encantado demostrarles lo capaz que era de valerse por sí mismo, incluso en otra ciudad.

Se había quedado ensimismado recordando todo aquello y no se había dado cuenta de que casi habían llegado junto al tren. Una vez allí no tendrían más remedio que despedirse, pero Alfred se resistía a que el momento llegara de verdad.

—Ya casi es la hora —anunció Agatha mirando el reloj de la fachada de la estación.

Hércules se dirigió a la escalerilla del tren para comprar los billetes al revisor y un triste silencio se adueñó del espacio que separaba a Alfred y a Aghata.

Morritos comenzó a gemir. No estaba nada conforme con dejar allí a Alfred. Y los niños la miraron como si ella fuera la encargada de expresar lo que los dos sentían en su interior.

—No te sientas mal, Alfred —Agatha posó la mano sobre el hombro del niño—. Piensa que alguien tiene que quedarse en Londres por si surge algún caso para la agencia.

El chico asintió al oír las palabras de su amiga.

—De acuerdo —contestó—. Me encargaré de Miller & Jones mientras estéis fuera.

—Muy bien —afirmó la niña—. Y piensa que no será por mucho tiempo. En dos semanas como mucho estaremos de vuelta. Y te escribiré todos los días para contarte cómo va todo, ¿de acuerdo?

Alfred sonrió al fin. No sabía cómo expresar a sus amigas lo que las iba a echar de menos. Dudaba si estrechar la mano de Agatha era el gesto correcto en esos casos, pero la niña no dejó que se lo planteara y fue ella quien lo abrazó con fuerza mientras los ojos de ambos se humedecían. Morritos se alzó sobre sus dos patas traseras y lamió la mano de su amigo. Y los tres formaron una piña compacta que hubieran deseado que no se desmenuzara nunca.

El maquinista sopló el silbato anunciando la pronta salida del tren y los tres amigos tuvieron que separarse, conscientes de que no podían esperar más.

Hércules miraba inquieto desde la escalerilla del tren, esperando que Agatha y Morritos subieran cuanto antes. Aún quedaban un par de minutos para que el transporte saliera, pero no debían entretenerse. Y cuando al fin parecía que la niña y la perrita se separaban de Alfred y que el niño levantaba la mano diciéndoles adiós, unos gritos lejanos llamaron la atención de los viajeros que aún quedaban por subir al tren.

—¡Un momento, por favor! ¡Esperen!

El mayordomo estiró el cuello buscando sobre las cabezas de la gente. Y casi se queda de piedra cuando, entre la muchedumbre de viajeros que atiborraban la estación, vio surgir de repente a los padres de Alfred.

La señora Hitchcock se abría hueco arrastrando tras ella a su marido, y no paró de gritar hasta que hubo alcanzado el lugar del andén en el que se encontraba su hijo.

—Pero, mamá, ¿qué hacéis aquí? —exclamó el muchacho al ver llegar a la fatigada mujer—. Iba a volver ahora mismo a casa.

La madre de Alfred no dijo nada, sólo contempló por un instante a su hijo. Después, tomó de las manos de su marido un bulto parecido a una maleta y la plantó frente a los pies de Alfred.

—Hemos venido a traerte esto.

Un impulso repentino sobresaltó el corazón del chico, que no sabía cómo interpretar aquello. Miró con asombro la maleta como si le acabara de tocar el premio de la lotería y no estuviera convencido de ser el ganador. Aunque todo apuntaba a que era tal y como parecía: sus padres habían llegado hasta allí, le habían buscado por toda la estación para al fin encontrarle y permitirle irse de viaje.

—¿Quieres decir que puedo ir a Nueva York? —la voz de Alfred temblaba esperando la respuesta.

La señora Hitchcock se agachó frente a él.

—Hijo mío, escúchame bien —dijo mirando a Alfred como si fuera el favor más inmenso que le pidiera en la vida—. Debes prometernos que tendrás mucho cuidado y que no vas a fiarte de nadie.

Alfred tragó saliva y miró de reojo a sus amigas. Agatha y Morritos permanecían quietas y en silencio, impresionadas también por aquella repentina aparición. La señora Hitchcock tomó con suavidad la barbilla de su hijo y le habló a los ojos directamente.

—Nueva York es una ciudad muy grande, Alfred. Más de lo que tú piensas. Y un chico de doce años como tú ha de estar siempre alerta. Créeme, cariño, el peligro puede venir de donde menos te lo esperas, ¡ni mil ojos son suficientes!

El chico asintió, muy serio. Sabía que aquel compromiso era muy importante. Y se topó con la mirada de su padre, que le observaba igual de tensa que el rostro de la mujer.

—Te prometo que voy a tener cuidado, mamá —dijo mientras sus ojos se humedecían—. Vas a estar orgullosa de mí.

El mentón de la señora Hitchcock comenzó a temblar. La mujer se aferró a su hijo como si fuera un tesoro demasiado valioso como para dejarlo marchar. El señor Hitchcock, por su parte, se unió a ellos y acarició el pelo oscuro de Alfred sin mediar palabra.

Un último silbido anunció a todos que el tren estaba a punto de partir. El ruido de la maquinaria comenzó a acelerarse y un espeso humo blanco inundó las inmediaciones del andén. Los padres de Alfred dieron un beso al muchacho y éste agarró su maleta con felicidad. Después, corrió a reunirse con Agatha y Morritos, mientras que Hércules tranquilizaba a los señores Hitchcock con todo tipo de explicaciones. No había tiempo que perder, pues el tren arrancaba. Así que los cuatro viajeros se despidieron de los señores Hitchcock y corrieron hacia su vagón.

Alfred apenas podía creer que aquello hubiera sucedido.

Una vez que penetró en el compartimento, corrió al cristal para despedirse de sus padres por última vez. Observó cómo éstos agitaban sus manos y comenzaban a hacerse cada vez más diminutos a medida que el tren iniciaba la marcha. Quiso seguirlos con la mirada, pero apenas fue capaz de distinguir cómo daban media vuelta e iniciaban el camino de regreso por el andén.

El chico se derrumbó sobre su asiento casi hipnotizado y colocó su pequeña maleta sobre las rodillas. El tren traqueteaba ya a buen ritmo, directo al cercano puerto de Liverpool. Alfred sabía que ya no había nada que pudiera detenerle. Nueva York acababa de convertirse en una realidad y estaba abrumado ante tantas emociones.

Mientras esperaba a que el revisor llegara para comprar su billete, observó con curiosidad el equipaje que sus padres acababan de entregarle. Abrió las presillas dispuesto a echar un vistazo. Y cuando levantó la tapa de la maleta y sus ojos descubrieron el contenido, una sonrisa enorme se dibujó en el rostro del muchacho. Pues sobre todas sus camisas, bien dobladas y planchadas, su madre había colocado un objeto que le resultaba familiar. Algo que tenía muy presente y cuya presencia, sin embargo, le resultó inesperada. Era el sobre de la Medalla del Ciudadano.

Capítulo 4
Llegada a Nueva York

La inmensidad del océano rodeaba al *Lusitania* en su travesía hacia América. Encaramado a la barandilla del barco, Alfred observaba cómo la línea azul del horizonte cruzaba todo lo que abarcaba su vista, igual que una ley matemática que nadie pudiera traspasar.

Le gustaba notar el viento alborotándole el cabello. A pesar del frío de alta mar y de la nieve que se acumulaba sobre la cubierta, aquella brisa le daba una sensación de libertad que nunca antes había experimentado.

Sólo habían hecho falta unas cuantas horas para que sus sueños se convirtieran en realidad. Nueva York estaba tan cerca que casi podía sentirla. Le habría gustado quedarse allí sentado día y noche para verla aparecer.

El chico se recolocó la bufanda y miró detrás de él. Al otro lado del cristal, Agatha, Hércules y

Morritos tomaban el té en uno de los salones de primera clase. El personal de servicio se desvivía para que se sintieran cómodos, pues el *Lusitania* era un barco tan elegante que mimaba con todo tipo de atenciones a sus clientes.

Alfred se sintió muy afortunado. Primera clase era un auténtico lujo de cubierta, exclusiva para las personas importantes. Desde que había embarcado hacía unas horas, casi no había podido cerrar la boca, orgulloso de su suerte. Aunque se sentía algo extraño entre tanta gente de buena posición que no hacía más que presumir ante el resto. Se veía a sí mismo como una especie de polizón que viajara en el lugar equivocado y había decidido salir a cubierta para que el aire frío del Atlántico le refrescara las ideas.

Llevaba un buen rato apoyado en la baranda cuando una algarabía proveniente de abajo le llamó la atención. Se trataba de varios muchachos que pateaban un bloque de hielo igual que si fuera un balón de fútbol. Sus voces resonaban contra las paredes del barco y Alfred sonrió al ver cómo luchaban entre ellos por dominar el pedazo de hielo. A pesar de sus ropas desgastadas y de que su cubierta no era nada elegante, parecían pasárselo en grande con el juego.

No parecía importarles no ser tratados de igual manera que los que tomaban el té en la parte de arriba.

Alfred recordó entonces cuando llegaron al puerto de Liverpool, hacía tan sólo unas horas. Justo antes de subir a bordo, Hércules había buscado un mozo que se hiciera cargo de las cinco maletas de Agatha y, mientras tanto, Alfred se había fijado en la gente que embarcaba por el pasadizo de tercera clase. Eran personas humildes, que sonreían deseosos de emprender aquella aventura, aunque en la mayoría de los casos sus pertenencias no fueran mucho más que lo que llevaban encima.

Los chicos del bloque de hielo continuaban vociferando y un empleado del barco les llamó la atención. Los muchachos no tuvieron más remedio que parar el juego y volver hacia el interior, y Alfred sintió que aquello no era tan mala idea. Él también se estaba congelando. Así que dio media vuelta y volvió a entrar en el saloncito de té, donde sus amigos continuaban con su merienda.

—Menos mal que ha regresado, señor Alfred —comentó Hércules al verle aparecer—. Sólo un valiente o un loco saldría a cubierta con el frío que hace. Me ha ahorrado la incomodidad de ir a por usted.

Alfred se calentó las manos con el aliento y las frotó un rato hasta haberse aclimatado. Después miró a Hércules, sonriente. El aspecto del mayordomo ya no era tan gris como el de la tarde del telegrama, y aunque aún se mostraba algo alterado, no podía disimular la alegría de reencontrarse con su hermana. Hércules sirvió el té que quedaba en la tacita de porcelana de Alfred.

—Supongo que estarás impaciente por llegar a puerto —comentó el chico agradeciendo el detalle—. Los días que faltan van a hacerse muy largos para ti.

—Así es, señor Alfred —contestó el mayordomo tras dar un suspiro de alivio—. Jamás podré agradecer a la señorita Agatha todo lo que ha hecho por mí.

Agatha entrecruzó sus manos con satisfacción. Para ella no había sido ninguna molestia haber sacado de apuros al mayordomo, y se sentía feliz de poder ayudar siempre que hiciera falta.

—Ya te he dicho que no es nada, Hércules —dijo tomando la cuchara y revolviendo el azúcar que aún quedaba en su té—. Lo importante es que Emma no tenga nada grave y se recupere enseguida. ¿Has podido saber más acerca de su situación?

—Por desgracia sólo sé lo que ponía en el telegrama —contestó Hércules con inquietud—. Al parecer Emma estaba en el teatro y se puso tan enferma que se derrumbó en mitad de su actuación.

—¿En mitad del espectáculo? —exclamó Alfred sorprendido—. Menudo bochorno tuvo que pasar.

—Me parece que ella no se enteró de nada —añadió Hércules con mirada sombría—. Viendo que no se recuperaba del desmayo, la llevaron al hospital.

Al oír aquello, Alfred sintió cierta alarma. La enfermedad de Emma podía tratarse de algo serio, aunque no quiso agobiar al mayordomo haciéndole más preguntas. Miró a Agatha con aprensión y la chica pareció captar el mensaje. Quién sabía lo que encontrarían cuando llegaran a Nueva York. La niña procuró desviar el tema intentando alegrar a Hércules.

—Recuerdo cuando Emma actuó en Londres y me llevaste a ver su representación —comentó con cariño—. Para mí fue muy emocionante.

—Es increíble que lo recuerde, señorita Agatha. Usted era muy pequeña. ¡Apenas contaba cuatro años!

—Sí, es cierto —confirmó la niña—. Pero jamás olvidaré la cara de ilusión de Emma sobre el escenario. Era maravillosa.

—Oh, sí —afirmó el mayordomo—. Desde que Emma nació siempre se sintió atraída por las artes interpretativas. Tocaba el piano desde muy pequeña y daba gusto verla actuar. Fue una ilusión muy grande para ella poder labrarse una carrera en Londres.

—¿Ah, sí? —preguntó Alfred con inocencia—. ¿Y por qué está ahora en Nueva York?

—Por desgracia el teatro en el que Emma trabajaba se destruyó a causa de un incendio —explicó Hércules—. Su compañía se encontró de pronto sin un lugar en el que ganarse la vida y todos viajaron hacia Nueva York buscando alguien que los contratara. Ha sido duro para ella salir adelante y hacer realidad sus sueños.

Los ojos del sirviente estaban ahora tan melancólicos que Alfred temió que se echaran a llorar. El chico se sintió algo culpable por haber preguntado más detalles y agachó la cabeza sin saber cómo arreglar aquel silencio. Hércules, por su parte, sacó una billetera poco abultada del forro de su chaqueta y extrajo una fotografía. Tras mirarla con cariño unos instantes, decidió compartirla con los niños y Morritos, que se arremolinaron junto a él en un intento de animarle.

—Ésta es la fotografía más reciente que conservo de Emma —explicó—. Se la hizo hace unos meses con el resto de su compañía, los que partieron hacia América. Y me mandó una copia para convencerme de que se encontraba bien.

Agatha tomó con mucho cuidado el recuerdo de Hércules y se fijó en cada uno de los detalles. Reconoció a Emma en el centro. Estaba vestida de dama griega y posaba sonriente entre otros tres actores. El reparto representaba la época antigua y todos se mantenían en una actitud muy digna, sin duda forzada. La foto estaba dedicada con una caligrafía muy bonita, redactada con trazos de tinta azul. Decía: *«Desde la tierra de las oportunidades, para mi querido hermano Hércules».*

La niña deseó con todas sus fuerzas que aquella dedicatoria se cumpliera, y que Emma consiguiera reponerse y alcanzar todos sus sueños.

* * *

—¡Es la Estatua de la Libertad! ¡No puedo creerlo!

Alfred no había estado jamás tan emocionado. Desde que se había despertado, a la seis de la mañana, no había parado de dar vueltas por la cubierta privada del camarote. Miraba al horizonte, deseoso por descubrir Nueva York al frente en cualquier momento. Y cuando vio que un palito muy pequeño comenzaba a hacerse cada vez más grande y que se redondeaba poco a poco hasta convertirse en una mujer, sintió que eran sus propios sueños los que al fin empezaban a cumplirse.

Agatha reía al ver la emoción de Alfred y de Morritos, pues la perrita estaba igual de excitada. También era la primera vez que Morritos visitaba las tierras americanas y ladraba de alegría mientras veía acercarse cada vez más la estatua.

—Supongo que conoceréis la historia del monumento —informó Agatha a sus amigos haciéndose la interesante.

Y al ver que Alfred y Morritos la escuchaban con muchísima atención, decidió continuar con su clase de Historia.

—La Estatua de la Libertad fue un regalo de

los franceses. La trajeron por piezas en un barco y la construyeron en esa isla. Es un punto turístico muy importante. Recibe muchísimas visitas.

Alfred observó el enorme bloque de hormigón sobre el que reposaba la estatua y cómo éste formaba una figura curiosa, en forma de estrella. Varios barcos salían y entraban del muelle de la pequeña isla en dirección a Manhattan, una mancha de tierra repleta de edificios que era el verdadero centro de Nueva York.

El casco del *Lusitania* avanzó abriéndose paso entre las pequeñas embarcaciones, repletas de turistas. Éstos miraban hacia el transatlántico, saludando calurosamente a los recién llegados, y Alfred se alegró de ver lo hospitalario que parecía el pueblo de Nueva York. Pero en contra de lo que pensaba, el barco no fue directamente a atracar al puerto, sino que hizo una parada en otra pequeña isla, muy cercana a la de la Estatua de la Libertad, para que los pasajeros de tercera clase bajaran allí.

—¿Tenemos muelles diferentes? —preguntó sorprendido Alfred al ver la gran lengua de personas saliendo a borbotones del barco.

—No exactamente —le explicó Agatha—. Los pasajeros de tercera clase deben quedarse en la isla de Ellis para pasar una inspección. Es algo rutinario y sin importancia.

El chico asintió. Nadie le había comentado ese procedimiento. Miró al resto de los pasajeros de primera clase que también curioseaban desde la barandilla, y se alegró de encontrarse en aquella cubierta. Sin duda, llegar a Nueva York y bajar en el puerto de Manhattan suponía una entrada más gloriosa que tener que pasar un día entero guardando fila en un islote.

Una vez que los pasajeros de tercera clase hubieron desembarcado, el *Lusitania* se puso de nuevo en marcha, esta vez hacia el puerto de Manhattan. Alfred notó cómo un aliento nervioso arañaba su pierna. Se trataba de Morritos, que, al igual que él, estaba ansiosa por descender del barco y contemplaba la línea de rascacielos que rompía el horizonte.

Tras introducirse por la derecha de Manhattan y aminorar la marcha, el *Lusitania* atracó por fin en el muelle 17, y los niños y Morritos corrieron escaleras abajo, deseosos de pisar al fin el suelo del Nuevo Mundo. Recorrieron la maraña de pasillos que llevaban hasta la salida y desembocaron en la rampa de bajada, donde se toparon con un sinfín de sombreros que esperaban a sus amigos y familiares.

—Supongo que la abuelita Miller no habrá venido a recibirnos —comentó Agatha mientras echaba un vistazo a la multitud—. Es aburrido quedarse toda la mañana esperando en el muelle.

Pero no había terminado de decir aquella frase, cuando un grito le hizo ver que se equivocaba.

Alfred se puso alerta. Y rebuscó entre el enjambre de personas a la responsable de aquel escándalo. No le fue difícil avistarla, pues la figura de la abuelita Miller continuaba chillando de alegría y se abría paso entre las damas de sombreros elegantes, deseosa por poder abrazar al fin a su nieta.

—¡¡Cariño!! —exclamó nada más tenerla delante—. ¡Qué alegría más grande!

Y estrujó a Agatha entre sus amplias carnes hasta que la niña casi no pudo respirar.

Alfred estaba abrumado ante aquella cascada de sentimientos. La clase a la que pertenecía la abuelita Miller no solía preocuparse mucho por expresar sus emociones y aquella explosión de alegría era sorprendente incluso para él. La dama continuaba abrazando a su nieta y le cubría de besos la frente, hasta que una nerviosa Morritos reclamó un poco de atención por parte de la anciana.

—¡Morritos! —exclamó saludando a la perrita—. ¡Es muy amable de tu parte que también hayas venido a visitarme! Me encantará tener a toda una damita peluda como huésped en mi apartamento.

La abuelita estrechó una de las patas de Morritos y besó sin ningún pudor el hociquito de la perra, que daba saltos de alegría. Luego, la dama levantó la vista y se fijó en el niño algo bajito que, con su pequeña maleta, aguardaba en silencio a ser recibido. La mujer se incorporó lentamente, sin dejar de posar su mirada gris en Alfred y plantó su enorme figura delante de él.

—Y, cómo no, me da en la nariz que tú eres Alfred Hitchcock. El mejor detective del Barrio Este, ¿no es así? —los ojos grises de la anciana escudriñaban al niño detenidamente—. No te gustan los huevos ni los criminales. Así que procuraremos por todos los medios no incluirlos en el menú, ¿te parece?

A Alfred le impresionó que la abuelita Miller conociera tan bien sus credenciales. Intuyó que aquella descripción detallada había sido obra de su nieta. Ofreció la mano para saludar, pero en lugar de estrechársela, la mujer tiró de ella con fuerza, engullendo al niño en otro de sus exagerados abrazos.

—¡Querido! ¡Es una alegría conocerte al fin! Agatha me ha hablado muchísimo de ti. Por carta, claro —y comenzó a llenar de besos también la frente del muchacho.

Agatha reía al ver a Alfred tan desorientado. La abuelita Miller era todo un personaje. Se comportaba como un torbellino en los recibimientos, hasta tal punto que era capaz de quedarse sonriendo el resto del día cada vez que alguien llegaba a su casa. La niña se sentía tan feliz que no reparó en que había algo que faltaba. Intentó hacer memoria, y cuando divisó a Hércules empujando el carro de las maletas cayó en la cuenta de su despiste. El mayordomo acababa de avistarles y se acercaba hacia ellos con el rostro desencajado.

—Señorita Agatha, ¿dónde se habían metido? ¡Les dije que me esperaran junto a la rampa! ¡Me he vuelto loco buscándolos!

Hércules estaba tan blanco como el papel, y Agatha se dijo que aquel despiste había sido toda una crueldad, conociendo su estado de nervios.

—Oh, lo siento mucho —se disculpó—. Vimos a la abuelita Miller entre la gente y corrimos hacia ella.

Al reparar en la presencia de la dama, el mayordomo se estiró con extrema disciplina y realizó una enorme reverencia.

—¡Hércules, por favor! ¡Déjate de pamplinas! —ordenó la señora Miller al ver aquella conducta—. Parece que te hayas tragado un bastón de mando, hombre. Recuerda que aquí eres mi invitado y que yo soy mi propio servicio, así que haz el favor de ir menos estirado y relajarte un poco. ¡Estás en Nueva York!

Y sacudió la espalda del desconcertado mayordomo con un par de palmadas que más bien parecían aldabonazos.

Hércules asintió con falso agradecimiento el optimismo de la señora Miller. No quería parecer descortés ante la hospitalidad de la anciana, pero para él disfrutar de la ciudad iba a tratarse de algo secundario.

Agatha lo sabía. Y al observar la mirada de Hércules supo deducir al instante lo que inquietaba al mayordomo. Tomó a la abuelita del brazo, procurando instaurar un poco de calma, y le recordó el verdadero motivo de la presencia del sirviente en la ciudad.

—Me parece que Hércules no desea hacer turismo en estos momentos, abuela —dijo con voz calmada —. Necesitamos ir cuanto antes al hospital.

Capítulo 5

Una extraña enfermedad

Los pasillos del Hospital Saint Vincent eran eternos corredores inundados de luz blanquecina. Alfred no creía haber visto nunca un centro médico tan grande, y se alegró de que nada más llegar al edificio una amable enfermera se hubiera ofrecido a guiarlos.

Parecía que en Nueva York había sitio de sobra. El chico no había dejado de abrir la boca desde que montaron en el taxi y recorrieron las calles de Manhattan, repletas de edificios interminables. Todo era exageradamente enorme. Y no sólo a lo alto, como demostraban aquellas eternas edificaciones, sino también en su extensión. Daba la sensación de que, cuando un pedazo de tierra había sido conquistado, nada impedía continuar y colonizar el siguiente.

Había inmensos solares que esperaban su turno para albergar un edificio, y el chico pensó en lo fácil que era orientarse en aquella ciudad de calles largas y rectas, dispuestas alrededor de ellos en forma de cuadrícula.

Pero tal vez eso era lo único medianamente organizado. Una vez que dejaron a Morritos y a la abuelita Miller en casa y reanudaron la marcha hacia el hospital, Alfred creyó encontrarse en mitad de un avispero. Cientos de personas cruzaban las calles como soldados desperdigados en una batalla. Y lo más curioso era que ninguno era igual que el que tenía al lado. Bien por sus rostros, su edad o por el aspecto de sus ropas, parecía que hubieran llegado allí desde las más diversas partes del mundo.

Los neoyorquinos tampoco se preocupaban en exceso por seguir las normas. Invadían la calzada, sorteando los vehículos sin detenerse para cruzar. Era como si todos tuvieran prisa, como si estuvieran demasiado ocupados con sus tareas. Y cuando Alfred se fijó en la enfermera que los guio por las habitaciones del hospital, supuso que era algo a lo que tendría que acostumbrarse. La joven les hizo subir los tres tramos de escaleras con una velocidad alarmante.

Una vez que atravesó una sala llena de vendas y botes de desinfectante, Alfred, Agatha y Hércules desembocaron en una enorme habitación con camas dispuestas a ambos lados. Un largo pasillo atravesaba la sala hasta el final y, tras recorrerlo casi por completo, la enfermera se desvió hacia un biombo colocado a la derecha, que ocultaba una de las camas del fondo.

Allí reposaba Emma, como una bella durmiente que disfrutara de su agradable sueño. La luz amarilla se colaba desde la ventana e iluminaba las hebras de su cabello, resaltando con serenidad su juventud. Junto a ella, un hombre de bata blanca tomaba su muñeca y realizaba una serie de anotaciones. Debía de tratarse del doctor. Nada más verlo, Hércules se personó ante el médico y estrechó su mano con ansiedad.

—Es un placer conocerlos —susurró el doctor Wilkins una vez que todos se hubieron presentado—. Emma nos tiene muy intrigados. Llegó aquí hace unos días tras un repentino desmayo. Sus compañeros del teatro la trajeron directamente al hospital y ha estado en esta cama desde entonces.

Alfred observó de reojo el aspecto de la enferma. Su piel era tan blanca que se volvía casi translúcida, aunque las mejillas aún mantenían algo de color. Tenía mejor aspecto del que había supuesto, aunque era preocupante que aún no hubiera despertado. Quizá Hércules opinara lo mismo, y sin esperar a que el médico concluyera, lanzó la temida pregunta:

—¿Qué es lo que tiene mi hermana, doctor?

El rostro del doctor Wilkins se tensó con gravedad. Las arrugas de su frente desaparecieron de improviso y un silencio pavoroso se adueñó de la sala de enfermos. Alfred y Agatha se miraron desconcertados, pues no era habitual que a un médico le flaqueara el valor ante sus pacientes. Al fin, las arrugas del hombre volvieron a dibujarse sobre su piel, y éste decidió explicarse:

—Su hermana padece un extraño mal al que no encontramos explicación. Lleva días inconsciente. Y, por desgracia, aún no sabemos la causa.

—¿Qué quiere decir? —preguntó el mayordomo con angustia—. ¿Todavía no tienen el remedio?

—Lamentablemente así es —contestó el médico—. Llevamos varios días realizando pruebas, pero Emma no responde a ningún tratamiento. Hemos hablado con sus compañeros del teatro, y al parecer no comió ni bebió nada raro. Es como si su hermana tuviera una misteriosa enfermedad a la que la medicina no encuentra respuesta.

El cuerpo de Hércules recibió aquellas noticias como un derechazo, y tuvo que buscar una silla sobre la que tomar asiento. Aquello era peor de lo esperado.

No obstante, el doctor no había terminado con los detalles de aquel mal extraño. Al ver el abatimiento del mayordomo, el hombre se dirigió a los niños con mirada grave.

—Me temo que hay algo más —susurró—. Cuando Emma llegó al hospital tan sólo sufría un desmayo profundo. Pero al día siguiente, cuando la enfermera acudió a tomarle la temperatura, descubrió algo sorprendente.

El doctor Wilkins se inclinó sobre el rostro de Emma. Los niños no comprendieron qué pretendía hacer el médico hasta que éste ladeó la cabeza de la enferma. Ambos se quedaron atónitos.

—Pero... ¿qué es esto? —exclamó la niña.

Sobre la cama, el cuello de Emma presentaba un aspecto de lo más alarmante. La piel de debajo de la oreja se había vuelto completamente opaca y una extraña mancha azul oscuro le cruzaba la garganta de manera terrorífica.

Hércules se incorporó de la silla y observó con horror lo que el doctor Wilkins acababa de mostrarles. El médico apretó los labios consciente de aquella preocupación.

—Jamás en mis años de experiencia he visto un caso semejante. No responde a la medicación y ha empezado a subirle la fiebre.

Agatha miraba atónita la cabeza de Emma sobre la almohada. Aquella mancha sobre su cuello era tan temible como misteriosa.

—Entonces... ¿qué podemos esperar? —preguntó la niña.

El doctor inspiró profundamente y elevó su barbilla intentando transmitir serenidad, aunque Alfred supo deducir que la respuesta no era muy buena.

—Mucho me temo que su estado es cada vez más crítico. O encontramos pronto un remedio para Emma, o puede que su tiempo esté a punto de agotarse.

* * *

Agatha estaba conmocionada ante aquellas noticias. Cuando decidió embarcarse hacia Nueva York para ayudar a Hércules, jamás supuso que deberían enfrentarse a algo tan serio.

La situación de Emma era muy delicada. Nadie conocía una solución para el mal que la afectaba, y lo peor era que a cada minuto que pasaba iba agotando su tiempo. Sin embargo, lo más inquietante era aquella extraña mancha que le cruzaba la garganta. Una inquietante marca que advertía a todos de que su estado no era normal.

Una vez que hubo terminado sus explicaciones, el doctor se despidió para atender a otros enfermos. Tras estrechar la mano del médico y darle repetidas veces las gracias, Agatha había acudido junto a Hércules para ver si su apoyo era necesario. El mayordomo seguía conmocionado tras aquel horrible diagnóstico y rechazó volver a casa. Su decisión era firme: debía permanecer junto a la cama de su hermana el tiempo que hiciera falta.

Agatha comprendió que aquello era de esperar y tampoco insistió para intentar convencerlo. Así que, tras quedarse un rato haciéndole compañía, decidió que lo mejor sería que ellos regresaran a casa y volver al día siguiente. Se despidieron de Hércules asegurándose de que se encontraría bien, y los dos descendieron los tramos de escaleras hasta la salida del hospital.

Una vez en la calle, la niña miró a su izquierda buscando la presencia de Alfred. El chico había estado tan ilusionado con la idea del viaje que una noticia tan negativa no había entrado para nada en sus planes. Aquella mancha azulada sobre el cuello de Emma había sido impactante también para él. Toda la emoción que le había provocado su llegada a Nueva York se había desmoronado como las hojas de un árbol.

Un buen paseo podría venirles bien. La casa de la abuelita Miller no quedaba lejos de allí, así que los niños decidieron recorrer a pie el camino de vuelta y dejar que el viento frío les despejara las ideas.

Transitaban a lo largo de la calle 12, y ya iban a girar la esquina para adentrarse en la avenida cuando una sombra inesperada se abalanzó sobre ellos cortándoles la respiración.

—¡Eh, vosotros! ¡Quietos ahí!

Alfred no podía creer lo que estaba viendo. Una figura menuda, más o menos de su altura, acababa de cerrarles el paso y los miraba amenazante con un pedazo de botella en la mano. Alfred pensó en echar a correr, pero cuando iba a agarrar a Agatha para iniciar la huida, dos siluetas más aparecieron de repente y se unieron a la primera con cara de enfadados.

Al verlos, Agatha intentó guardar la calma. Aquellos tres niños sucios y desaliñados no eran mucho mayores que Alfred y que ella, y supuso que tal vez podrían negociar.

—Por favor, dejadnos pasar. Hace frío y nos gustaría llegar cuanto antes a casa.

Al oír su petición, los tres chicos harapientos se miraron entre sí y comenzaron a carcajearse.

—¡Oh, disculpe, su excelencia! —exclamó teatralmente el primero de ellos—. ¿Tiene prisa por llegar a su palacio? No se preocupe. Sólo tardaremos unos minutos... ¡Dame tus zapatos! ¡Y también los de tu amigo!

Agatha creyó no haber oído bien, y su cara se transformó al ver que aquel odioso niño señalaba sus brillantes zapatos de charol.

—Pero... estos zapatos son míos —protestó—. ¡Debes de estar bromeando!

Los acompañantes del ladronzuelo se miraron alucinados, como si esta vez fueran ellos los que no creyeran lo que Agatha acababa de decir.

—¿Te parece que tengo cara de broma? —el líder hablaba abriendo exageradamente la boca—. Escúchame bien, alteza: o me dais ahora mismo todo lo que tengáis encima, incluidos los zapatos, o te aseguro que los dos acabaréis en el fondo del río Hudson.

Y empuñó con fuerza el trozo de botella plantándolo frente a la cara de la niña. Agatha miró a Alfred temblando de miedo. Al parecer su estrategia de negociar no servía con aquellos chicos crueles, y se dijo que había sido un error haber dejado a Morritos en casa. Una perra con dos rabos no habría sido admitida de modo alguno en el hospital, pero sin duda sus cuatro colmillos habrían sido de gran ayuda para ahuyentar a esos maleantes.

Viendo que no tendría otro remedio que dejarse vencer, la niña levantó una rodilla para comenzar a desabrochar su zapatito. El frío, unido al miedo, le congelaba las yemas de los dedos, y dudó de que fuera capaz de conseguirlo. Pero no había comenzado aún a soltar la hebilla cuando una voz atiplada interrumpió a todos en el callejón:

—Eh, un momento, ¿qué está pasando aquí?

Los intrépidos ladronzuelos miraron hacia arriba para identificar al recién llegado y sus bocas se apretaron al verle. Se trataba de un muchacho delgado, enfundado en un largo abrigo negro. Alfred y Agatha retrocedieron asustados, pues el nuevo era bastante más alto que ellos y que los pillastres. Si así lo deseaba, sería bastante fácil para él hacerse con el botín.

—Os tengo dicho que no quiero veros por este barrio —el desconocido miraba amenazante al líder de la banda—. Así que ya os estáis esfumando.

Los tres niños andrajosos relajaron sus brazos y se quitaron las gorras en actitud de sumisión. Al verlo, Agatha y Alfred suspiraron aliviados.

—Como quieras, Harpo... —contestó el cabecilla de los ladrones algo avergonzado—. No sabía que estos papanatas eran amigos tuyos.

—¿Es que no me has oído? —insistió el recién llegado—. ¡Fuera!

Y los rapaces se esfumaron calle abajo como ardillas huidizas.

Alfred creía que iba a morir de un infarto. Aquel episodio había sido tan inesperado que la sangre no le llegaba a las manos. Agatha, por su parte, extendió la mano al frente para dar las gracias al desconocido. Pero en contra de lo que había esperado, el muchacho abrió mucho los ojos nada más ver aquello y no dudó en rechazar el gesto de Agatha con un manotazo.

—¡No hagas eso! —exclamó alarmado—. ¿Ves que alguien se comporte así en este barrio?

Agatha no supo qué pensar. Siempre había creído que los buenos modales eran una carta de presentación impecable en cualquier circunstancia, y le costaba creer que en aquel lugar no fueran bien recibidos.

El muchacho miró a derecha e izquierda para ver si había moros en la costa, y cuando pareció quedarse tranquilo echó un vistazo a Alfred y Agatha, que le miraban igual de aturdidos que dos pingüinos en mitad de Arabia.

—Creo que lo mejor es que os acompañe a casa —se ofreció ladeando la cabeza—. Con esa pinta de ingleses atolondrados no duraréis ni seis manzanas sin que os desplumen.

A Agatha no le pareció justa la descripción que aquel chico acababa de hacer de ellos. Pero supuso que debía callarse si quería gozar de su protección. Miró a Alfred con conformidad y echó a andar calle adelante, sabiendo que no tendrían más remedio que hacer las cosas a su manera.

Tras un par de manzanas en silencio, la niña pensó que lo mejor era mostrarse amigable con ese extraño muchacho que les había salvado el pellejo. Aquel chico de ojos risueños parecía casi de su edad, aunque tenía aspecto de ser mucho más experimentado. Lucía una cabellera castaña repleta de rizos y sus ropas, desgastadas por el uso, asomaban bajo un desaliñado abrigo de paño. Estaba claro que su aspecto no era el de alguien acostumbrado a las comodidades, y el que se hubiera topado con ellos en aquel momento le pareció una agradable casualidad.

—Ha sido una suerte que aparecieras —dijo Agatha en señal de agradecimiento—. No sé qué habría sido de nosotros sin ti.

Harpo se ajustó el sombrero y se encogió de hombros. Dio un par de zancadas con las que sorteó los baldosines rotos del suelo y decidió al fin hablar.

—Esos idiotas no hacen más que merodear por este barrio... Están empeñados en pillar un botín gordo. Pero cualquier día se toparán con alguien importante y serán ellos los que tengan un disgusto.

—¿Acaso los defiendes? —preguntó Agatha muy sorprendida—. Su comportamiento no es muy razonable que digamos...

Harpo se detuvo a echar un vistazo a Agatha. Aquella niña rubia con ropa cara no entendía el modo en que funcionaban allí las cosas. Tras cavilar unos instantes, volvió a ponerse en marcha y una amplia sonrisa se dibujó en su rostro. No sabía si explicarse iba a servir de mucho, pero decidió intentarlo:

—A veces el pillaje es la única manera de que un muchacho llene la barriga. No es muy decoroso, estoy de acuerdo, pero te aseguro que tampoco es agradable.

Agatha se dijo que ella jamás robaría por mucha hambre que tuviera y por mucho que le costara subsistir. Pensaba que siempre había una salida, aunque no estaba muy convencida de que Alfred opinara lo mismo. Su amigo avanzaba con la gorra y la bufanda tapándole casi por completo, pero Agatha sabía que no era a causa del frío. Alfred no había abierto la boca desde la emboscada, y miraba a Harpo de reojo, mientras caminaba muy tieso, acera adelante.

—De todas maneras, habéis tenido suerte de que os viera parados en la esquina —prosiguió Harpo quitando un poco de hierro a la conversación—. Si no fuera porque una compañera del teatro está en el hospital, ahora no tendríais ni pelo en la cabeza.

—¿Una compañera del teatro? —preguntó Alfred despertando al fin de su letargo.

El muchacho acababa de pararse en medio de la calle y miraba a Agatha comprobando que la niña también había escuchado lo mismo.

—Así es —contestó Harpo sin entender aquella pausa en el camino—. Mi amiga Emma. Es actriz, como... yo.

Agatha sonrió al escuchar las palabras de Harpo. El chico las había pronunciado con un poco de vergüenza, pero habían bastado para comprender aquella casualidad. Harpo aún no era consciente de lo que había hecho al salvarlos del atraco, así que pasó a explicarle los motivos de su presencia en la ciudad, la recepción del telegrama y la preocupación de Hércules, deseoso por reencontrarse con su hermana.

—Así que ese tipo con aire estirado es el hermano de Emma —exclamó Harpo una vez que Agatha le encajó las piezas—. Cuando le vi junto a su cama no quise molestar. De todas formas, no creí que su hermano de Londres llegara tan rápido. ¿Cómo lo habéis hecho?

Agatha no supo qué contestar. La velocidad del barco había sido la normal; cinco días era lo habitual para cruzar el océano. No entendía a qué se refería Harpo. El chico, por su parte, les explicó que había sido él quien avisó a Hércules con el telegrama y que había acudido casi todos los días a visitar a Emma al hospital. También estaba enterado de la gravedad de su estado y en el teatro su baja había causado una gran conmoción. Todos los actores habían hecho una colecta para apoyarla en todo lo que necesitara.

—Se me ocurre una idea —sugirió el chico una vez estuvo enterado de todo—. Si venís al teatro esta noche, os presentaré a todos los compañeros. Seguro que les hará ilusión conoceros. Incluso puedo arreglármelas para colaros sin que paguéis la función.

Agatha iba a explicarle a Harpo que aquello no era necesario, pues ella pagaría gustosa su entrada, pero se dio cuenta de que ya habían llegado frente al portal de la abuelita Miller y que tal vez aquella explicación no era necesaria.

El muchacho miraba el edificio con los ojos como platos y Alfred creyó saber lo que estaría pensando. Era la misma sensación que él tuvo al conocer a Agatha, lo mismo que sintió la primera vez que se adentró en su lujosa mansión. No obstante, Harpo no dijo una palabra. Levantó su sombrero a modo de despedida, zanjó con Alfred los últimos detalles de la invitación y se marchó dando zancadas calle abajo.

Alfred mantuvo la mirada sobre la figura de Harpo, que, al igual que sus padres en la despedida de la estación, se volvía cada vez más bajito entre los montones de nieve. Recordó el consejo de su madre, aquel que le había dado antes de despedirse de él en el andén: el peligro puede venir de donde menos te lo esperas. A partir de entonces debería tener cuidado. Estaba claro que ella llevaba razón y ni mil ojos eran suficientes. Cualquier chico neoyorquino como Harpo lo tenía bien claro desde que se levantaba por la mañana. Y una vez que lo hubo comprendido se adentró en el portal de la casa Miller deseoso, al fin, de calentarse los pies.

Capítulo 6

Pánico en la escena

El teatro de variedades de la Segunda Avenida no quedaba muy lejos de Union Square, y al encontrarse tan cerca de la casa de la abuelita, Agatha había decidido que podían recorrer el camino a pie. Morritos pensaba que aquello no era ningún consuelo. No estaba nada de acuerdo con mojarse las patitas por culpa de toda esa nieve tan desagradable, pero cualquiera rechistaba sabiendo que se jugaba quedarse de nuevo en casa.

La perrita ansiaba conocer al fin a ese famoso Harpo. Agatha llevaba hablando de él toda la tarde y Morritos estaba muy intrigada acerca de ese curioso muchacho y sus habilidades. Según había contado Agatha, el chico era actor, y además era compañero de Emma en el teatro. Así que tras escuchar durante horas las explicaciones de su amiga a la abuelita Miller, la perrita se dijo que sería capaz de reconocerle.

Y no se equivocó en absoluto, pues cuando traspasaron la puerta del teatro y se adentraron en el umbral del vestíbulo, supo identificar al muchacho en cuanto su cabeza rizada se aproximó a saludarlos.

—¡Vaya! ¡Una auténtica perra de dos rabos! —exclamó Harpo con voz risueña nada más ver a Morritos—. Lástima que seas rica, Agatha. Te habrías sacado unos cuantos dólares haciéndola actuar en el teatro.

Agatha no supo detectar si aquello era un comentario serio o si por el contrario Harpo le tomaba el pelo, pero al ver que Alfred comenzaba a reírse supuso que debía seguirle el juego sonriendo al menos un poco. Aunque no le hacía gracia que Harpo bromeara con algo tan insípido como su fortuna.

Pero el muchacho no pareció prestar atención a los resultados de su frase. Se giró hacia el fondo del vestíbulo, la agarró del brazo y tiró con fuerza. Agatha no había esperado aquella reacción, y cuando Harpo la arrastró frente a unas puertas de madera roja y las empujó hacia delante con contundencia, creyó que iba a tropezarse por culpa de tanto bamboleo.

Una vez que traspasaron las puertas rojas y que las pupilas de Agatha se acostumbraron a la escasa luz del lugar, la niña vibró como una hoja. Se hallaba plantada en mitad del teatro, en el patio de butacas, donde decenas de asientos de terciopelo se sucedían ante ella como filas de naipes. La penumbra de la sala se iluminaba tan sólo con la luz de las candilejas, unas lámparas colocadas de manera estratégica a los pies del escenario. Los filamentos de las bombillas resonaban como chicharras eléctricas. Y tal vez era el único sonido que podía escucharse en la sala. Ya que, aunque el teatro estaba lleno de gente, ni uno solo de los espectadores parecía tener boca. Todos permanecían hipnotizados ante el espectáculo y no se inmutaron ante la llegada de los niños en mitad de la función.

Agatha miró hacia el escenario. El calor de las bombillas ascendía nublando un poco la visión de la escena, pero a pesar de ello la niña pudo distinguir la silueta de una imponente dama en mitad de la tarima.

Parecía una auténtica reina del teatro. Una ninfa imaginaria que acabara de aparecer como un fantasma. Sus enigmáticos ojos azules atrapaban a cualquiera que los mirara directamente. Y su voz, cálida y aterciopelada, se elevaba como un manto que cobijara a todos los presentes en torno a ella.

Agatha se agarró con fuerza al respaldo de una de las butacas sintiendo aquella impresión. Jamás había visto a una mujer tan bella subida a un escenario. Y Harpo, al ver cómo la niña se emocionaba, sonrió orgulloso, y supo que había hecho bien al invitarla.

—Es Flora Falconetti —susurró sin dejar de mirar la escena—, la gran diva del teatro.

La niña emitió un suspiro entrecortado, impactada por aquella visión. La interpretación de la dama era tan real y desprendía tanta fuerza, que Agatha sintió vibrar su corazón y sus pulmones debajo de la piel. Era como si la voz que desprendía aquella mujer de mirada turquesa pudiera llegar dentro de ella. Como si le transmitiera un poderoso mensaje hasta su interior.

Sólo cuando consiguió calmarse, se fijó en que Alfred y Morritos también habían cruzado las puertas rojas hasta la sala y se encontraban junto a ella, igual de impresionados. Ninguno de los espectadores que en aquel momento poblaban las butacas del teatro podía librarse del hechizo de Flora Falconetti. La mujer interpretaba un monólogo apasionado mientras hablaba con el fantasma de su amante perdido.

Acaparaba el ambiente con tal dramatismo, que Agatha supo que sería imposible despegarla de allí.

En cambio, el espectáculo en el patio de butacas sólo era la primera parada de la visita. Harpo hizo un par de señas para que los niños le atendieran.

—Voy a presentaros al resto del elenco —susurró el chico—. Seguidme.

Y recorrió el pasillo de la sala hasta una puerta lateral que, como descubrieron más tarde, llevaba a los camerinos.

* * *

—¿Dónde está mi pequeña ballesta de Guillermo Tell? —exclamó alarmado el señor Sebastian—. ¿Quién demonios la ha cogido?

El ventrílocuo inspeccionaba los recovecos del camerino, muy disgustado. Se agachaba bajo los muebles del reducido cuarto y abría y cerraba los cajones sin pararse a pensar cuáles había comprobado antes.

Harpo traspasó el umbral de la puerta del camerino y nada más ver al señor Sebastian esbozó una sonrisa. No era la primera vez que el anciano descuidaba sus recuerdos extraños: el ventrílocuo era el rey del despiste. Pero era curioso verle organizar aquel desastre tan grande en un sitio tan pequeño.

El muchacho ayudó a Agatha a entrar y comprobó que Alfred y Morritos también los seguían. Sebastian, en cambio, no pareció darse cuenta de la visita. Continuaba armando un escándalo espantoso sacando piezas de atrezo de las cajas y revolviendo los jarrones de flores de la diva Falconetti.

Harpo pensó que tal vez el señor Sebastian estaba haciendo demasiado ruido, y que aquel alboroto podía alarmar al resto de la compañía. Pero se calló como una estatua al ver que Thomas, el nuevo gerente del director Strudel, entraba en los vestuarios desde la puerta que daba al escenario. El estirado jefecillo había acudido alertado por las voces del cómico, y una vez que se encontró con todo el desorden, se aproximó hacia el anciano, bastante alarmado.

—Señor Sebastian, es usted un desastre —dijo mirándole a través de sus lentes redondas—. Procure no elevar la voz o este escándalo se oirá en el otro lado del escenario.

—¡Tengo mucho cariño a esa ballesta! —insistió Sebastian al gerente—. No es muy grande, apenas mide un palmo. ¿La ha visto usted por algún lado?

Thomas echó el cuello hacia atrás al oír los ruegos del señor Sebastian. Y recolocó las lentes sobre el arco de su nariz ganchuda.

—Le aconsejo que la busque en otro momento y que no grite —susurró más tieso que un fideo crudo—. El director Strudel no está de muy buen humor esta tarde y no convendría que usted le enfadara más. Se lo advierto por su bien.

Sebastian apretó los labios muy contrariado y el jefecillo sacudió la cabeza mientras salía con prisa por la puerta del escenario. Harpo, que no había querido interrumpir la charla de Thomas, se aproximó hasta el ventrílocuo.

—Tranquilo, señor Sebastian —susurró en tono comprensivo—. Seguro que su ballesta aparecerá por algún sitio. No ha podido moverse sola de aquí.

Sebastian levantó la cabeza y percibió al fin la presencia de Harpo a su lado. Después, se dejó caer sobre una de las sillas del camerino y se quedó mirando al suelo.

—Si esa pequeña ballesta desapareciera no podría perdonármelo nunca. El bueno de Richard me la regaló. Pobre hombre.

Parecía que aquella ballesta tenía mucha importancia para el señor Sebastian. Agatha tenía curiosidad por saber más detalles acerca de ella y ese tal Richard que se la había regalado, pero tampoco era buen momento para hacer preguntas. Los párpados del ventrílocuo pestañeaban con pesar, pero el hombre se resistió a que la tristeza le invadiera. Se dirigió hacia una gran caja violeta que había a su lado y la abrió. Luego, se agachó para extraer algo de ella, y Alfred y Agatha vislumbraron un curioso objeto que el hombre sacó de la caja. Un muñeco de cartón. El anciano sentó la marioneta sobre sus rodillas y comenzó a manipularla con cariño, como si aquel monigote supiera darle el consuelo que necesitaba en esos momentos.

Sebastian giró el muñeco hacia Harpo pidiéndole atención. El chico acarició la cabecita naranja de la marioneta, mientras le explicaba que tenían invitados. Y se apartó para que el hombre advirtiera la presencia de Alfred, Agatha y Morritos.

Al verlos, el anciano realizó una pequeña reverencia. Los niños correspondieron sonriendo con alborozo y Morritos, por su parte, se aproximó a olisquear aquel extraño muñeco lleno de polvo.

—Oh, vaya... Parece que le gusta —exclamó Sebastian al ver cómo Morritos inspeccionaba al señor MacGuffin—. Podríamos hacer un dúo cómico con esta perrita. ¿Te has fijado? ¡Tiene dos rabos! ¡Sería todo un espectáculo!

Harpo iba a explicarle al señor Sebastian que aquella idea ya se le había ocurrido a él. Aún recordaba la horrible bronca del señor Strudel la noche que Emma enfermó. Desde aquel día se había prometido encontrar su propio camino en el mundo del teatro, y ya que el canto no era lo suyo, aquella perrita podía ser una buena opción. Seguro que la presencia de Morritos junto a él sobre el escenario sería muy bien valorada por el público. Pero no le dio tiempo a despegar la boca. La puerta del camerino se abrió y un hombre gordo apareció como un vendaval. Se trataba del señor Strudel, el director del teatro, y sus ojos despedían chispas de rabia.

El hombre se adentró tirando de un muchacho sudoroso y asustado. Tenía la cabeza grande, aunque su cuerpo era bajito, y caminaba en volandas mientras su jefe lo asía de la pajarita. El joven avanzaba a duras penas intentando no ahogarse de la congestión, y Alfred creyó que poco faltaría para que el lazo se desprendiera de su camisa liberando al muchacho. Al fin, el airado director Strudel plantó al chico delgaducho delante de él. Se cruzó de brazos en mitad del camerino y se inclinó sobre el joven, rojo como un pimiento.

—¡Ahora me vas a explicar cuál es el problema! —exclamó hecho una furia—. Tienes la partitura, tienes el piano, ¡y el público está deseando que le sorprendas! Me dijiste que serías capaz de hacerlo, así que dime, ¿qué es lo que te ha hecho cambiar de opinión?

El pipiolo miraba hacia el suelo. No hacía más que parpadear, temblando de miedo. Su camisa blanca estaba limpia y bien planchada, aunque la pajarita descolocada no le daba muy buen aspecto. Sostenía con fuerza una gran partitura colocándola frente a él, como si ésta fuera el único escudo que le protegiera ante su jefe.

—Entiéndalo, señor Strudel —susurró el muchacho atreviéndose al fin a hablar—, yo nunca he cantado ante tanta gente. Puedo intentar tocar el piano, pero ¡no cantar y tocar al mismo tiempo! Acabo de verlos por el agujero del telón... y no, ¡no puedo hacerlo!

Harpo observó la escena apretando los labios. Norman era un actor pasable si se lo proponía, pero comprendía que su experiencia con el canto no era mucha. Sustituir a Emma al piano era una hazaña imposible de realizar. Miró la cara del director Strudel, que era igual que una caldera de vapor.

—¡Estoy harto de los miedos escénicos! —chilló el director con rabia—. Tienes tres minutos exactos para plantarte sobre ese escenario y hacerte con el público. Así que, o sales ahí afuera y nos salvas el pellejo a todos, o yo mismo me encargaré de que ni un teatro de esta ciudad vuelve a contratarte. ¿Te ha quedado claro?

Norman temblaba como una hoja y no se atrevió a rechistar. Sin duda no estaba preparado para aquel reto y el público le despellejaría vivo. Pero el director Strudel no quería concederle ninguna alternativa. Y arrastró a Norman hacia la parte trasera del escenario.

Alfred, Agatha y Morritos se asomaron a la puerta del camerino imitando a Harpo. Desde su refugio vieron cómo el director Strudel avanzaba con

Norman hasta el telón de fondo y se paraba en seco para ajustar la chaqueta del muchacho. Después, le señaló con el dedo y lo abandonó a su suerte, a punto de entrar en el escenario.

Alfred estaba muy apurado por Norman. Lo comprendía mejor que nadie. Salir al escenario era algo horrible, un verdadero infierno si uno no estaba seguro de su actuación. Pero al parecer no había tiempo para cambios. Thomas, el gerente, reclamaba la atención de Norman con muchos aspavientos. La actuación de Flora Falconetti estaba a punto de terminar y el pianista tenía que ser el siguiente.

Alfred no quería ver a Norman salir a las tablas del teatro. Pero no pudo disuadir a Agatha cuando Harpo se ofreció a llevarlos al patio de butacas. Y mientras Flora Falconetti sollozaba entre los últimos gritos de angustia de su actuación, siguió los pasos de su amiga esperando no oír ni ver nada más.

* * *

Por el contrario, Agatha estaba encantada con los asientos que les había reservado Harpo. El teatro de variedades no era muy grande, pero el muchacho se las había ingeniado para reservarles un sitio en primera fila. Desde allí las expresiones de los actores eran tan claras, que Agatha se alegró de no necesitar anteojos para ver el espectáculo.

La actuación de la diva Falconetti estaba alargándose más de lo previsto. Después llegaría el turno de Norman, que daría paso al de Harpo. Agatha estaba ansiosa por ver desenvolverse al actorcillo en escena. Se había portado muy bien con ellos desde que lo habían conocido y sentía verdadera curiosidad por ver lo que era capaz de hacer.

Además, no podía olvidar el asunto de Emma. Si Agatha había accedido a asistir a la función, no sólo había sido por divertirse. Quizá la explicación del mal de la enferma tuviera alguna relación con ese teatro. Aquella mancha azulada en su cuello presagiaba que su caso podía ser difícil. Y se dijo que no era mala idea echar un vistazo e investigar acerca de la posible causa de su enfermedad.

La Falconetti exhaló un último suspiro y el teatro rugió poniéndose en pie. Seguro que había sido una de sus actuaciones más memorables, y por desgracia se lo habían perdido. Sin embargo, había merecido la pena visitar los camerinos y ver cómo un auténtico teatro se preparaba para el espectáculo.

El director Strudel salió a escena y esperó a que la Falconetti desapareciera para anunciar el siguiente número. Y cuando exclamó el nombre de Norman y los segundos pasaron sin que nadie apareciera, un silencio incómodo se apoderó de la sala. Alfred y Agatha apretaron los dientes deseando que Norman hiciera su entrada. Al fin, las manos del gerente Thomas aparecieron entre la cortina y empujaron al pianista dejándolo a merced del escenario.

En la sala no se oía ni una mosca. Norman miró al frente con la cara empapada en sudor. El muchacho estaba tan acongojado que parecía difícil que tuviera energía suficiente para actuar. Aunque tras percibir las caras desdibujadas que lo observaban en silencio, el joven realizó una pequeña reverencia y corrió a sentarse al piano mientras desplegaba su enorme partitura frente a él.

Agatha miró con agobio a Alfred. Su amigo lo estaba pasando casi tan mal como Norman sobre el escenario y se retorcía en su asiento bastante abrumado.

Los segundos parecían horas dentro de aquel teatro, pues daba la impresión de que Norman nunca arrancaría la pieza. El muchacho temblaba sobre el taburete, paralizado ante aquel bochorno. Finalmente, tras chascar los nudillos y estirar sus falanges temblorosas, respiró hondo, tragó saliva y comenzó a acariciar las teclas del piano.

Agatha suspiró aliviada. Lo más difícil ya estaba hecho. La abuelita Miller siempre le había contado que el peor momento era justo el de antes de salir al escenario, mientras que, cuando uno empezaba su actuación, disfrutaba y comenzaba a relajarse.

Sin embargo, Norman no parecía tranquilo en absoluto. El ritmo de la canción era alegre, pero el nerviosismo del pianista no hacía más que arruinar la melodía. El joven no había podido empezar con peor pie. Y todavía fue peor cuando abrió la boca y comenzó a cantar la letra de una manera espantosa.

Morritos, que no había escuchado en su vida una voz más horrible, intentó meter la cabeza debajo de la chaqueta de Alfred. Norman desafinaba de un modo insoportable y para un oído de sabueso como el de ella, aquello era una auténtica tortura.

Agatha miró con discreción a Alfred. Sabía que aquella interpretación provocaría la ira del público, y volvió la cabeza hacia el resto de las filas de butacas, previendo lo inevitable.

Tras ella, la gente comenzaba a susurrar, incómodos con el pésimo espectáculo. Los cuchicheos eran cada vez más numerosos, hasta que una carcajada provocó que el resto de los espectadores comenzaran a revolverse y a silbar hacia el escenario.

Aquella reacción no pudo ser peor para Norman, que intentó enderezarse y continuar cantando sin mucho éxito. Su frente sudorosa apenas tenía color, y su garganta se atropellaba, conteniendo las notas en cada uno de los compases.

—No entiendo cómo han podido obligarle a hacer esto —se compadeció Alfred—. Alguien debería sacarle cuanto antes de ahí.

Agatha asintió sabiendo que su amigo tenía razón, y miró al frente detectando la cabeza de Harpo entre los pliegues del telón de fondo. El chico también se había dado cuenta de los abucheos del público.

Entonces uno de los espectadores gritó algo horroroso hacia el escenario, y el resto se levantó de sus butacas dándole la razón. Se sentían insultados ante esa interpretación de aficionado y un zapato aterrizó sobre la tapa del piano, sobresaltando a Norman. Agatha creyó que el público se les echaría encima de un momento a otro. Estar en primera fila no había sido tan fantástico como en un principio había pensado, pero cuando oyó el primero de los chillidos del público resonando tras ella casi no pudo creer lo que acababa de suceder sobre la tarima.

Ante ellos, Norman acababa de perder la voz. Se agarraba la garganta como si estuviera a punto de ahogarse, y tras unos segundos en los que ni Alfred ni ella supieron reaccionar, se desplomó sufriendo un colapso. El cuerpo del cómico se retorcía sobre el suelo de madera. Sus ojos estaban desencajados mientras continuaba apretando su garganta con unos espasmos alarmantes. Al verlo, Alfred se levantó de su asiento y subió hacia el escenario buscando a Harpo, que apareció detrás de las cortinas. Y los dos corrieron en auxilio del pianista.

Los espectadores se revolvían alarmados. Sus gritos resonaban entre las paredes del teatro. Agatha, en cambio, permanecía paralizada en mitad del patio de butacas, incapaz de creer lo que tenía ante sus ojos. Pues el pianista Norman, aquel muchacho que se había encargado de sustituir a Emma, acababa de sufrir la misma desgracia que ella.

De repente alguien chilló de tal forma que se hizo el silencio. Era Flora Falconetti, que acababa de aparecer en mitad del escenario. Cuando la diva avanzó hacia los pies del piano y descubrió el horrible aspecto de Norman, se llevó las manos a la cara mientras comenzaba a sollozar.

—¡Oh, no, Norman! ¿Por qué tú? ¿Qué significa esta calamidad?

La mujer miraba a su alrededor como buscando una explicación para aquella desgracia. Pero ni el gerente Thomas ni el señor Sebastian, que acababan de llegar también al escenario, se atrevían a mover ni un dedo. Agatha siguió con la mirada las manos de la Falconetti, que vibraban temerosas tapándose la boca. La diva estaba también a punto de desmayarse y se apoyó sobre el piano intentando contener su conmoción. Entonces, su mirada fue directa hacia la partitura de Norman, que aún continuaba desplegada sobre el atril del instrumento.

—¿Qué es esto?... —la diva abrió mucho los ojos mientras asía la partitura—. ¿¡Por qué diablos ha tocado esta canción!?

Los presentes se miraron desconcertados los unos a los otros. Y la Falconetti volvió a exclamar como una demente mientras en su cabeza las sospechas cobraban forma.

—¡Es la misma partitura! —exclamó señalando las hojas de papel pautado—. ¿No lo veis? ¡Os lo dije y no me hicisteis caso!

El director Strudel se abrió paso hasta el centro de las tablas y se acercó a la Falconetti intentando tranquilizarla.

—¡No me mires con esa cara, Strudel! —exclamó ella al ver el gesto del director—. Sabes de sobra que estoy en lo cierto. La culpa es de esta partitura. ¡¡¡La partitura maldita!!!

Al oír eso, Alfred se incorporó muy despacio mirando a Agatha. Era imposible que aquellas palabras dejaran a alguien impasible. La niña le correspondió igual de impresionada, mientras Flora Falconetti seguía con su cantinela:

—¡Estas notas están malditas! ¡Quien las toca cae enfermo! Ya pasó con Richard, ¿no lo recordáis? Él fue el primero que cayó fulminado nada más tocarla. Y recordad lo que gritaba nada más caer al suelo: «*¡Diabulus! ¡Diabulus!*». Lo gritó una y otra vez. Fue lo último que dijo antes de desmayarse: *«¡Diabulus!»*. ¡El Diablo!

El elenco se miró incómodo, temeroso de las palabras de la actriz. Todos miraban con preocupación el cuerpo de Norman, que tras el tembleque se había quedado inerte sobre el suelo de madera.

—Os dije que esa partitura tenía la culpa y todos me tomasteis por loca —continuó la Falconetti—. Pero volvió a suceder otra vez con Emma. Y ahora mirad al pobre Norman. ¡Es una maldición! ¿Qué más pruebas necesitáis?

La diva no hacía más que gritar y llorar como una descosida viendo que nadie se atrevía a mediar palabra.

De pronto, una voz femenina interrumpió la escena desde la puerta del camerino. Y todos se dieron la vuelta ante la sorpresa. Se trataba de una anciana menuda que acababa de aparecer tras el telón de fondo. La mujer sostenía una taza de té y miraba aturdida a todos los presentes.

—¿Pero qué sucede? —preguntó con sorpresa la recién llegada—. ¿Por qué se ha interrumpido el espectáculo? Señorita Flora, no debe usted alterarse.

La dueña de aquellas palabras no medía más

de metro y medio, pero su voz grave y contundente había conseguido captar toda la atención. Sus cabellos grises estaban recogidos en un discreto moño y miraba a todos los presentes a través de unas lentes de diseño anticuado.

Al verla, la expresión del director Strudel pareció relajarse. Aquella anciana que acababa de hablar era lo que el director necesitaba para calmar a la Falconetti. La mujer avanzó muy apurada hacia el centro del escenario y entregó su taza de té al gerente Thomas. Después posó los ojos en Norman y se agachó junto a él. Sus manos huesudas lo inspeccionaron, y tras unos segundos en los que sólo se oía su respiración, meneó la cabeza como presagiando que el caso no tenía fácil arreglo.

—Este muchacho debería ir inmediatamente al hospital —sentenció incorporándose.

El director Strudel intervino en ese momento, yendo hacia la anciana.

—Señora Hope, no sabemos qué le ha sucedido a Norman... Puede que Flora esté en lo cierto y le haya ocurrido lo mismo que a los otros...

La señora Hope no contestó. Parecía que intentaba hilvanar una respuesta, aunque no debía resultarle fácil encontrarla. Tal vez se habría quedado discurriendo un poco más de tiempo, pero la Falconetti no pudo soportarlo más. Aquellos acontecimientos habían sido demasiado impactantes para la diva, que sufrió un pomposo desmayo. Todos se arremolinaron junto a ella mientras que la señora Hope pedía a los asistentes un poco de espacio para dejarla respirar.

El director Strudel se apartó del grupo, con la cara blanca por las preocupaciones. Y Agatha se dijo a sí misma que era hora de actuar. Hasta ese momento había presenciado todo desde el patio de butacas, junto a Morritos. Debía dejar de ser espectadora para convertirse en una parte activa en ese misterio. Alguien que pudiera ayudar a resolver las cosas.

La niña subió la escalerilla hasta el escenario y agarró de la chaqueta a Alfred. El muchacho aún permanecía alucinado ante tanta emoción y observaba con detenimiento a la señora Hope. La mujer, que parecía ser la asistente de la Falconetti, acababa de quitarse un broche en forma de flor de su vestido y lo acercaba a la nariz de la diva ayudada por Harpo. Al oler las sales del interior del broche, la muchacha volvió en sí.

Alfred suspiró aliviado. Después siguió a sus dos amigas a través del escenario. Apenas había pensado en Agatha y en sus intenciones, pero cuando vio que su amiga se acercaba al director Strudel y le lanzaba su primera frase, cayó en la cuenta de lo que iba a cambiar para él ese viaje.

—Señor Strudel, permítame que me presente. Me llamo Agatha Miller y creo que puedo intentar resolver este misterio.

Morritos levantó el hocico, orgullosa, y permaneció muy firme cuando Agatha le explicó al director Strudel la existencia de su agencia de investigación. Pertenecer a Miller & Jones era un honor inigualable para ella. Y más con un caso tan importante, pues era la primera vez que los tres actuaban en Nueva York.

Capítulo 7
La partitura maldita

Agatha lamentó no haber incluido en el equipaje su material de trabajo. En el invernadero, donde tenían instalado el despacho, los tres disponían de todo lo necesario para abordar sus investigaciones, pero no habían previsto que aquellas vacaciones pudieran transformarse en un nuevo caso.

El asunto de la partitura maldita les había intrigado tanto que casi no habían podido pegar ojo. Lo que en principio se trataba de una rara enfermedad ahora tomaba un matiz mucho más terrorífico. Y lo peor era que afectaba directamente a Emma y a esa extraña mancha azul que cruzaba su cuello.

El director Strudel se había mostrado muy sorprendido cuando Agatha se acercó ofreciéndole los servicios de la agencia. La niña sabía que el hombre podía dudar de que un par de niños acompañados de una perra fueran capaces de resolver aquel horripilante misterio. Pero también sabía que no perderían nada por intentarlo. Así que le sugirió que mantuvieran la investigación en la más estricta confidencialidad. Aquello les dejaría actuar con libertad y también mantendría a salvo la reputación de Strudel, ya que si, en el peor de los supuestos, el caso no llegaba a resolverse, nadie tendría por qué quedar en mal lugar.

La niña inspiró profundamente y observó las paredes del apartamento. Por fortuna, el pequeño salón de la abuelita Miller era un entorno muy agradable para pensar. La anciana pasaba en él la mayor parte del día, cobijada por sus recuerdos y sus jarrones repletos de flores. Allí también conservaba numerosos artículos, a cual más extraordinario: máscaras chinas, libros antiguos, cojines de seda... Pero entre todos ellos, había uno que llamaba más la atención: su portentosa máquina de escribir, que reposaba con elegancia sobre la mesa y que siempre la había acompañado en sus viajes a uno y otro lado del Atlántico.

Sentada en una de las butacas del despacho, Agatha esperaba a que Alfred comenzara su explicación. La abuelita Miller había decidido que fuera él quien le hiciera una descripción detallada de los hechos. Estaba convencida de que eso ayudaría a potenciar su desinhibición.

—¿Desinhibición? —había susurrado Alfred alarmado, aprovechando que la abuelita Miller fue a preparar el té—. ¿Qué diantres es eso?

—Se practica cuando la gente tiene vergüenza ante los demás —apuntó Agatha—. La abuelita Miller se ha dado cuenta de que a ti no te gusta mucho hablar en público. Así que ha decidido quitarte esa manía que tienes de no querer expresarte.

A Alfred le daba pavor que a la abuelita Miller se le hubiera pasado aquella idea por la cabeza, y procuró comportarse lo mejor posible cuando la mujer regresó con el té. Tenía que convencerla de que aquellos ejercicios no eran en absoluto necesarios.

—Muy bien —la abuelita Miller dejó el té sobre la mesa y se aposentó en su butaca—. Así que algo extraordinario sucedió ayer en ese curioso teatro.

—Tenías que haber venido con nosotros, abuela —comentó Agatha—. Seguro que tu mirada de escritora nos habría ayudado a encontrar muchos detalles para la investigación.

—Mis tiempos de teatro acabaron, querida —comentó la anciana asiendo su taza de té—. He vivido momentos maravillosos trabajando en el escenario, y ya no tengo edad para esos andurriales. La nostalgia es dolorosa, y puede herir el alma de los que no han cumplido del todo sus sueños. Así que prefiero no volver por allí.

Agatha miró con cariño a la mujer. Sabía que la abuelita Miller se había ganado una buena reputación como cronista en revistas femeninas, pero su atracción por el teatro y la dramaturgia no se había visto colmada del todo. Una autora teatral que se atreviera además a interpretar sus propios personajes no estaba bien vista bajo los cánones estrictos de su época. Agatha imaginaba las presiones que tuvo que sufrir la abuelita para desarrollar su profesión. Hasta que al final tuvo que conformarse con otros trabajos que no estuvieran relacionados con el brillo dulce del escenario.

La mujer esbozó una sonrisa y dirigió la mirada a Alfred, esperando su exposición. Los niños tenían un caso importante entre manos y no había tiempo que perder.

—Así que, resumiendo —dijo elevando el tono de voz—: tenemos dos enfermos y una extraña partitura. ¿Qué sabemos acerca de ella?

—No mucho, la verdad —señaló Alfred viendo que le tocaba hablar—. Aunque es importante tener en cuenta que los enfermos no son dos, sino tres. La Falconetti mencionó a un tal Richard cuando sucedió la desgracia.

—¿Richard? —dijo la mujer extrañada—, ¿de dónde sale ése?

Agatha intervino en ese momento, deseando liberar un poco a su amigo. La noche anterior, antes de despedirse, Harpo les había explicado lo ocurrido con aquel tal Richard, ese actor que la Falconetti había mencionado entre sus alaridos de impotencia. Al parecer, Richard era otro de los miembros de la compañía que viajaron desde Londres. Y fue el primero en desmayarse por aquella extraña enfermedad en escena.

—Todo sucedió hace un par de meses, poco después de que llegaran a Nueva York —explicó la niña—. Según afirma la Falconetti, fue por culpa de esa dichosa partitura. Una pieza que pertenecía a la compañía desde siempre y que jamás había dado problemas.

—Así es —continuó Alfred al ver que la abuelita Miller reclamaba su intervención—. Richard era un pianista muy experimentado y, cuando interpretó esa pieza al piano, sufrió una horrible conmoción. Lo último que gritó antes de desmayarse fue algo así como «*Diabulus*», pero nadie pareció relacionar aquello con la partitura. En cambio, cuando Emma volvió a tocarla, sucedió lo mismo. Cayó enferma de repente.

—Y Norman sufrió ayer la misma desgracia... —remarcó la abuelita Miller pensativa.

—Exacto —afirmó Agatha—. Los actores han caído enfermos siempre que se han atrevido a tocar esa misma partitura, y no otra.

La mujer volvió a servirse otra taza de té y dejó su mirada ausente. Su mente de novelista intentaba idear una estrategia, igual que si su cerebro fuera un tablero de ajedrez.

—¿Habéis inspeccionado ese piano? —dijo tras un pequeño silencio que utilizó para pensar—. Puede que ahí esté la clave del misterio.

—Sí —afirmó Agatha—. Lo examinamos ayer por la noche, pero no encontramos nada raro. Además, no creo que sea una cuestión del piano, ya que otros actores, como Harpo, lo han tocado y no ha sucedido nada.

Alfred miró a Agatha y se precipitó a intervenir.

—Yo creo que está claro que la Falconetti tiene razón y que esto apunta a un maleficio.

Agatha miró con incredulidad a su amigo.

—No creo que haya partituras malditas que actúen de repente y sin ninguna razón —dijo llevándose la mano a la barbilla—. Y pienso sinceramente que esto no es más que un intento de asesinato muy bien amañado.

—¿Asesinato? —intervino Alfred, algo asustado—. Pero ¿cómo?, ¿por qué?

—Aún no lo sabemos —contestó la niña—. Por eso hay que inspeccionar esa partitura cuanto antes.

Y se levantó de un salto de la butaca de la abuelita Miller, en busca de su abrigo.

La mujer, que acababa de observar la reacción de su nieta, se acercó a ella, prudente. Y cuando vio que Alfred refunfuñaba ante la idea de salir con aquel frío, se atrevió a mencionarles lo que estaba pensando.

—Tal vez deberíais informar a Hércules de todo lo que está pasando. Puede que quiera estar al corriente de lo que ocurre con su hermana.

—No creo que sea buena idea —intervino Agatha muy seria—. Y menos sin tener una solución clara a la vista.

Y al ver que la mujer la miraba extrañada, pasó a explicar el motivo de su negativa:

—Richard tan sólo aguantó dos semanas con sus fiebres en el hospital. No hubo forma de salvarlo. Y los otros dos actores van por el mismo camino. Si hay algo que podamos hacer respecto a esa partitura, debemos averiguarlo deprisa. Ya que Emma, por desgracia, es la siguiente en la lista.

* * *

A pesar del frío del comienzo del día, Nueva York se había levantado con un sol espléndido. Por fortuna, aquella mañana no nevaba y los niños habían decidido apresurarse en su reunión con Harpo.

Lo primero de todo era analizar los hechos tranquilamente y desde el principio, y para eso era fundamental la ayuda del chico. La noche anterior, Harpo se había quedado muy impactado tras aquel nuevo desmayo, y se había mostrado muy agradecido cuando Agatha le confesó que había decidido echar una mano. El muchacho les había dicho que a la mañana siguiente estaría en el parque, patinando.

Y los tres habían acordado que se reunirían allí para charlar un rato.

Desde su asiento, Alfred miraba por la ventanilla del tranvía que cubría el trayecto hasta Central Park. La inquietud de los casos normalmente no le dejaba pensar en otra cosa que no fuera la investigación, pero era difícil resistirse a la multitud de estímulos que se percibían al otro lado de la ventana. En aquel momento, el carricoche atravesaba Times Square, la famosa plaza central, cuna de la prensa neoyorquina. Y numerosos muchachos ataviados con gorras enormes repartían las pilas de periódicos vociferando las noticias del día. Alfred dio un respingo al observar uno de los quioscos de la plaza, repleto de ejemplares, y abrió mucho los ojos al escuchar las palabras de uno de los chicos exclamando el titular:

—¡Extra! ¡Extra! ¡Sarah Bernhardt continúa desaparecida! ¡Nada se sabe todavía de la gran dama de la escena!

Al parecer, la noticia de Sarah Bernhardt había llegado incluso hasta el otro lado del Atlántico. Sin duda, aquella actriz debía de ser tan importante como Agatha había asegurado. El chico recordó entonces a Churchill y lo preocupado que estaba cuando les explicó el caso. Habían pasado ya bastantes días y la desaparición seguía sin resolverse. El sustituto del inspector no estaba teniendo mucha suerte.

Alfred pensó que si Churchill se hubiera encargado, tal vez el asunto estaría más que resuelto. Y se preguntó cómo irían las cosas por Londres. Aún no había tenido tiempo de escribir a sus padres. Seguramente lo echaban de menos. Y mientras observaba a sus dos amigas, sentadas frente a él, palpó su sobre de la Medalla del Ciudadano, que conservaba con cariño dentro del bolsillo del abrigo.

El tranvía continuó su trayecto ascendiendo por la avenida de Broadway y desembocó en una plazoleta que estaba pegada a la esquina del parque. Cuando los niños y Morritos descendieron del transporte y avanzaron calle arriba, quedaron maravillados ante la belleza de la pradera nevada. Pero también hubo algo que les llamó la atención: varias casuchas confeccionadas con tableros y hojalata se sucedían unas tras otras poblando los recodos de la explanada. Aquel paisaje de chabolas humeantes no encajaba con la idea que Alfred se había formado de la ciudad. Y Agatha, que no esperaba encontrar aquello, se mostró igual de sorprendida. Ella había visitado siempre Central Park por el lado este, y nunca se había topado con aquellas cabañas tan poco confortables.

Los niños cruzaron la verja y se adentraron en el parque. Morritos corrió emocionada camino adelante. Estaba encantada con aquel paraje, inimaginable dentro de una ciudad tan grande. Y cuando oyeron sus ladridos más allá de la pequeña hondonada, supusieron que la perrita había dado por fin con la pista de patinaje.

Allí, rasgando el hielo como un absoluto competidor, se encontraba Harpo, que daba vueltas sobre sí mismo alentado por la presencia de Morritos. La perrita se hallaba subida a dos patas sobre una pequeña valla de madera y ladraba encantada con las piruetas del muchacho.

Alfred y Agatha caminaron hasta ellos y Harpo se aproximó hacia la valla, levantando su sombrero con una mano.

—Veo que sois tan puntuales como todos los ingleses —dijo sonriendo.

Y se apartó de la valla para dar una última pasada sobre el hielo.

Agatha miró de reojo los pies de Harpo y descubrió, con asombro, que éste lucía un solo patín. El muchacho pareció percibir la sorpresa en el rostro de la niña, y cuando regresó tras su última pirueta, se sentó sobre la madera y pasó a explicar el asunto.

—Soy el mejor patinador de un pie de toda América —dijo desabrochando la única bota que llevaba puesta—. Hacerlo con los dos a la vez es demasiado aburrido.

Alfred frunció el ceño, sin estar muy convencido de aquella explicación. Pero un poco después se enteró del verdadero motivo. Al parecer, subsistir en Nueva York para un chico como Harpo era complicado. Y en las épocas malas, el muchacho empeñaba uno de sus patines para conseguir unas monedas con las que darse algún que otro capricho. Después, cuando cobraba su sueldo como actor en el teatro, volvía a la casa de empeños y recuperaba el patín. Hasta que volvía a necesitar empeñarlo.

—Siempre hay que llevar objetos útiles en los bolsillos —dijo con una sonrisa—. Nunca se sabe lo que se va a necesitar para salir de un apuro.

Harpo sacó el forro del bolsillo hacia afuera y volcó su contenido en la palma de la mano: un carrete de hilo, cuatro botones de madera, así como un par de cacahuetes aún tiernos. A Agatha casi le da la risa al ver la de cosas extrañas que alguien podía llevar en un abrigo, por no hablar del enorme agujero que había en la tela del bolsillo. Pero Harpo mostraba muy orgulloso sus tesoros. Parecía apañarse bien a pesar del agujero, y volvió a guardarlo todo en su interior. Después se ató su único patín al cinto y echó a andar, esperando que Alfred y Agatha le siguieran. Morritos no paraba de hacer fiestas para captar la atención de Harpo y, viendo lo hábil que era, el muchacho se agachó para jugar con ella.

—Supongo que estarás de acuerdo en que este asunto es grave —soltó Alfred un tanto mosqueado—. No creo que tengamos tiempo para entretenernos a juguetear.

Harpo levantó la cabeza y guiñó un ojo. El sol pálido que aparecía entre los edificios le molestaba un poco, aunque le pareció más incómodo el comentario de Alfred.

—El tema es muy gordo, claro que sí —dijo poniéndose una mano a modo de visera—. Pero no ganamos nada preocupándonos. Siempre hay que encontrar excusas para sonreír.

Agatha intervino en ese momento, adelantándose a la posible respuesta de Alfred.

—Hemos venido a decirte que nos gustaría echar un vistazo a esa partitura —explicó la niña—. Necesitamos que nos digas qué ha hecho Strudel con ella.

Harpo sacó del bolsillo uno de los cacahuetes y se lo entregó a Morritos. Después volvió a incorporarse para contestar a Agatha.

—Cuando se llevaron a Norman al hospital, el director Strudel agarró la partitura, se la llevó a su despacho y la encerró allí con llave. ¿Estás segura de que quieres verla? —dijo mirando muy serio a la niña—. ¿Por qué la necesitas?

—Nunca se sabe lo que podremos encontrar en ella. Además, necesitamos saber por qué Emma y Norman se decidieron a tocarla después de lo que pasó con Richard. No parece muy lógico que les quedaran ganas de hacerlo después de haberle oído gritar eso del Diablo.

—La respuesta es fácil —contestó el chico—. Thomas, el gerente, es quien se encarga de repartir las partituras, y fue él quien se la entregó a Emma antes de su actuación.

—¿Estás seguro? —preguntó Alfred.

—Claro que sí.

Los niños cruzaron una mirada significativa mientras Harpo continuó largándoles los detalles.

—La noche que Emma se puso enferma yo estaba muy nervioso ante mi actuación. Era uno de mis primeros días en el teatro y no quería dejar en mal lugar a mi hermano. Él fue quien me recomendó a Strudel.

El muchacho hizo una pausa para rascarse la cabeza.

—El caso es que yo estaba detrás del telón esperando a que la Falconetti terminara y, justo antes de salir a escena, oí cómo Thomas le daba la partitura a Emma y le decía que se preparara.

—Y eso es algo normal, ¿no? —intervino Alfred—. Has dicho que el gerente se encarga de entregar las partituras...

—Exacto, así es —contestó Harpo—. Lo raro de eso es que, cuando Thomas le dio a Emma las hojas de papel, también le dijo que se tranquilizara. Que tocando esa partitura no le pasaría nada.

Alfred y Agatha se miraron de nuevo muy sorprendidos. Suponían que Harpo podría arrojar nuevos datos sobre el caso, pero no esperaban que lo hiciera de un modo tan eficiente. Sin duda, lo que el chico acababa de contarles señalaba a Thomas como el principal sospechoso. Aunque aún era pronto para sacar conclusiones definitivas.

—¿Se te ocurre algún motivo que el gerente Thomas podría tener para asesinar a los actores? —preguntó Agatha de sopetón.

Harpo elevó sus cejas tras escuchar semejante pregunta.

—No sé mucho de él. Es un tipo extraño y no se mezcla con nadie. Hace poco que trabaja en el teatro, justo antes de que yo llegara. Pero ¿en serio creéis que hay un asesino? La Falconetti dijo que todo esto era un maleficio.

Alfred intervino, esta vez a favor de Harpo.

—Díselo a ella —dijo, señalando a Agatha—. Se le ha metido en la cabeza que las maldiciones no existen. Piensa que esto es obra de alguien que quiere matar a los actores.

—¿De veras? ¿Y tú estás de acuerdo, Alfred? —exclamó Harpo—. En el teatro somos una gran familia y es difícil creer que uno de los nuestros estuviera dispuesto a eso.

Alfred asintió tras aquella observación. Había podido comprobar el buen ambiente que se respiraba entre los actores, a pesar de la bronca que Strudel le había soltado a Norman. Tal vez era demasiado arriesgado aventurarse con aquellas sospechas. Pero cuando miró a Agatha esperando su aprobación, se topó con que sus ojos grises miraban muy convencidos.

—¿Sabéis lo que es un crimen perfecto? —intervino la niña casi sin permitir que Harpo acabara su frase—. Siempre que hay un asesinato, el culpable, de un modo u otro, deja su huella en el lugar de los hechos. Hay expertos detectives que aseguran que el crimen perfecto no existe y que siempre hay un modo de hallar al asesino.

—Vaya —apuntó Harpo—, entonces eso quiere decir que los misterios siempre pueden resolverse.

—Así es —afirmó la niña—. Tan sólo depende de si el responsable de hacerlo es un buen detective.

Alfred suspiró, abrumado ante la explicación de Agatha.

—¿Crees que nosotros sabremos resolver este galimatías? —preguntó.

—Si la gente de Scotland Yard puede, nosotros también —respondió Agatha con firmeza—. Pero para eso necesitamos echar un vistazo a esa partitura. Aunque si está bajo llave, va a ser complicado.

—Pues estamos listos —añadió Alfred—. Tendremos que idear un plan para obtener esa llave y cogerla sin que Strudel se dé cuenta.

—A no ser... —intervino Harpo— que te refieras a ésta.

Los niños abrieron mucho los ojos al escuchar aquellas palabras, y casi se los frotan cuando el chico extrajo unos papeles amarillentos del forro de su abrigo y los exhibió al frente con picardía.

—Si ésta es la partitura que buscáis, no veo dónde está el problema —Harpo sonreía mostrando todos sus dientes—. Puedes consultar todo lo que quieras. Se la birlé ayer a Strudel.

Capítulo 8

Hacia el sur de la ciudad

Harpo era tan fascinante como una caja de sorpresas. Cuando el muchacho extrajo la partitura maldita de su abrigo, lo hizo como un mago que sacara un conejo de un sombrero. Agatha había aplaudido maravillada ante la jugada del chico, y había tomado la partitura con contundencia, desdoblándola ante ellos.

Alfred no estaba muy de acuerdo con manipular aquel papelajo sin tomar precauciones. Nunca se sabía lo que una partitura maldita podría esconder entre sus hojas. Pero al ver que tanto Harpo como Agatha parecían más frescos que una lechuga, supuso que no había por qué preocuparse.

El chico estiró su cuello entre las cabezas de Harpo y de Agatha, y alcanzó a ver el encabezado del documento, decorado con un pomposo título italiano. A partir de ahí se desplegaban una serie de compases repletos de notas musicales, pero no comprendió nada.

Agatha examinó el pliego intentando canturrear algunas partes de la melodía, aunque no encontró nada extraño que pudieran utilizar como prueba.

—Tienes razón, Harpo —afirmó tras revisar bien el papel pautado—. Esta partitura no aporta absolutamente nada. Es igual que cualquier otra.

Alfred pensó que Agatha debía tener cuidado. Tararear aquellos compases podía ser peligroso teniendo en cuenta el poder de aquella partitura. Pero no se atrevió a mencionarlo. En cambio, miró con desconfianza a Harpo. Aquel actorcillo de abrigo enorme acababa de demostrarles que sus procedimientos no eran del todo honrados. Tal vez debía interrogarle acerca de sus intenciones.

—¿Por qué le quitaste la partitura a Strudel? —dijo plantándose frente a él.

—¿Estás de guasa? —exclamó Harpo—. ¡Es una partitura con un auténtico maleficio! ¡Seguro que me dan una fortuna por ella en la casa de empeños! Así que, venga, devuélvemela.

—No tan rápido —contestó Agatha asiendo el documento—. Estas hojas no aportan nada por ahora.

Pero puede que más adelante nos hagan falta. Es mejor que yo las guarde y te las devuelva cuando hayamos resuelto el caso.

Harpo aceptó el trato. Y se estiró como un caballero importante. Jamás había colaborado en una investigación detectivesca y la idea le resultaba bastante divertida. Avanzó junto a los niños hasta la salida del parque y, una vez allí, preguntó a Agatha sobre el siguiente paso.

—Lo primero de todo es averiguar algo más sobre ese gerente Thomas —explicó la niña—. De momento es el único que se ha comportado de manera sospechosa. No tiene sentido que tranquilizara a Emma dándole esta partitura y que luego ella cayera enferma al tocarla. Algo debe de estar ocultando.

—Creo que lo más prudente en este caso sería una vigilancia de grado uno —intervino Alfred.

—¿Grado uno? —preguntó Harpo muy impresionado.

—Exacto —contestó Agatha—. Así llamamos a la vigilancia no invasiva. La que solemos hacer si queremos seguir los pasos a alguien y averiguar cosas acerca de él. Lo único es que deberíamos saber adónde va Thomas por las mañanas antes de acudir al teatro.

—¡Ah!, por eso no hay problema —exclamó Harpo poniendo los brazos en jarras—. Sé perfectamente dónde puede estar ese palurdo en este instante. Os vais a quedar de piedra.

* * *

Harpo, Agatha, Alfred y Morritos atravesaron la salida del parque que daba a la Quinta Avenida y caminaron a paso ligero hacia la parte baja de la ciudad. Alfred miraba embelesado los adornos de los escaparates de las tiendas, y se sintió afortunado por haberse librado de la función de Navidad.

La Quinta Avenida rezumaba riqueza en cada uno de sus establecimientos, y numerosos viandantes caminaban a lo largo de la calle cargados de paquetes. Todos llevaban abrigos de brillante pelaje y estaban bien protegidos del frío. Era curioso cómo en apenas un par de manzanas el paisaje había cambiado tanto. Pues aquella zona de tiendas opulentas y bolas rojas rodeadas de acebo contrastaba enormemente con el panorama de chabolas humeantes que habían dejado atrás.

Quizá Nueva York fuera una ciudad muy distinta dependiendo de en qué lugar se encontrara cada uno, y Alfred sintió que tal vez la gente que caminaba por la Quinta Avenida no era muy consciente de ello. Aquel viaje de la mano de Agatha estaba resultando muy revelador.

El chico se frotó los brazos mientras apretaba el paso. El frío de Nueva York era muy intenso y su abrigo demasiado fino, por no hablar de que se había quedado rezagado. Agatha y Morritos avanzaban un poco más adelante, junto a Harpo. Y los tres se desviaron por una de las calles pequeñas que salían de la Quinta Avenida siguiendo las indicaciones del muchacho. Continuaron durante un buen rato por una acera estrecha, hasta que Harpo se paró frente a un buzón de correos. Agatha y Alfred se miraron extrañados y se detuvieron junto a él. Harpo señaló a la acera de enfrente, donde se escuchaba un escándalo horroroso. El ajetreo provenía de un pequeño local que estaba casi en ruinas, aunque Agatha supo identificar lo que era en cuanto se fijó en los carteles amarillentos que decoraban la entrada.

—¿Un club de boxeo? —exclamó con extrañeza.

Harpo asintió. Y Agatha comprendió entonces por qué era tan sorprendente. No parecía que un gerente de teatro, bastante delgaducho e insulso, tuviera mucho que hacer en un antro repleto de tipos musculosos.

—Thomas viene a entrenar a este sitio —explicó Harpo, confirmando sus deducciones—. Lo sé porque la semana pasada vine a buscar a mi hermano Chicco y vi a Thomas saliendo por la puerta.

—¿Tu hermano?, ¿el que te recomendó al director Strudel? —preguntó Alfred admirado de que alguien como Harpo o los miembros de su familia tuvieran valor de adentrarse en un lugar así.

—No. El que me recomendó a Strudel es otro de mis hermanos: Groucho, que es actor. Es todo un artista. Y muy inteligente. Podría decirse que es el lumbreras de la familia.

Alfred asintió sin estar muy convencido. Aquel muchacho, que había demostrado ser todo un ladronzuelo, no tenía un aspecto muy fiable. Y no podía quitarse de la cabeza las palabras de alerta de su madre. Pero Agatha se mostraba encantada. A pesar de estar también algo sorprendida, la niña disfrutaba con las curiosidades que salían de la boca de

Harpo. No dejaba de parlotear riendo las gracias del muchacho.

De repente Alfred detectó la cabeza de Thomas saliendo del club de boxeo y dio un codazo a su amiga. Ésta dio un respingo y cerró la boca, concentrada de nuevo en la investigación.

—Ahí le tenemos —susurró Harpo agachándose detrás del buzón—. Me pregunto hacia dónde irá ahora. Aún es pronto para ir al teatro.

—Lo averiguaremos —contestó Agatha con firmeza.

Y cuando vio que Thomas se acercaba a la carretera y paraba un taxi agitando el brazo, la niña no dudó ni un segundo en imitarle. Echó a andar acera adelante, dispuesta a cruzar la calle, e introdujo a sus amigos en el primer vehículo que consiguió parar.

—Siga a ese coche —dijo al taxista mientras agarraba a Morritos en brazos y se aseguraba de que Alfred vigilara por la ventanilla.

Harpo la miraba con los ojos como platos. Aquella reacción le había dejado totalmente noqueado, y abría mucho la boca intentando expresar su opinión.

—Pero… ¿estás loca? —exclamó tras un minuto intentando expresarse—, ¿para qué necesitamos pagar un taxi? ¡Es muy caro!

—No tenemos más remedio si queremos evitar que Thomas se nos escape —contestó la niña.

—¡Pero hay otras muchas opciones! Podemos usar el tren elevado, o agarrarnos a la parte de atrás del tranvía sin que nos vean, o incluso agenciarnos una bicicleta. ¡Es muy fácil hacerse con una en este barrio!

Agatha miró al chico, sorprendida por el ramillete de argumentos. Para ella el tema del dinero no había supuesto nunca ningún problema. Y no sabía cómo explicarle a Harpo que no había por qué preocuparse.

El muchacho negó con total desacuerdo mientras el taxi continuaba su trayecto, directo hacia el sur de la ciudad. Mientras tanto Alfred, que no había parado de mirar por la ventana, sacó el mapa de Agatha y fue siguiendo la ruta con el dedo. Una lluvia fina comenzó a empapar la nitidez del cristal, y apenas se podía distinguir la figura del taxi de Thomas circulando por las calles, cada vez más estrechas. A pesar de eso, parecía que la operación estaba controlada hasta que, al girar una esquina, el conductor no tuvo más remedio que dar un frenazo. El golpe hizo que el mapa que sujetaba Alfred cayera al suelo y, una vez que el chico se agachó a recuperarlo y levantó la vista, descubrió, con horror, que la avenida estaba plagada de coches parados.

—¡Vaya! —exclamó Agatha contrariada por el atasco—. ¿No puede ir por otro lado?

El conductor se encogió de hombros y apretó su bocina de goma con decisión. Los viandantes aprovechaban la distancia que sobraba entre los coches e invadían la calzada sin vergüenza, y el taxista no conseguía espantarlos. Era imposible maniobrar, a pesar de los bocinazos, y sólo cuando los niños vieron que el taxi de Thomas tomaba una ruta alternativa por una callejuela, Harpo se atrevió a abrir de nuevo la boca.

—¡Os dije que ir en taxi es una pérdida de tiempo! ¡Thomas va a escaparse!

Cuando parecía que iban a perderle, el taxista se las arregló para aprovechar un hueco entre los peatones. Giró en redondo y se adentró en la callejuela por la que Thomas había cogido la delantera. El atajo los llevaba por el barrio chino, repleto de comercios con tenderetes de pescado y especias. El olor de sus calles enrevesadas les hizo taparse la nariz, a pesar de que para Alfred era complicado sostener el mapa con una sola mano. Al otro lado de la ventanilla, la lluvia caía ya con fuerza, y cuando avistaron el final de la isla, con el muelle de Battery Park al frente, supieron hacia dónde debía de dirigirse ese tal Thomas.

—¡Se acaba de bajar justo delante del muelle! —exclamó Alfred espachurrando el mapa contra el asiento del taxista—. ¡Dese prisa, por favor!

Thomas acababa de apearse de su taxi, y tras pagar el importe del trayecto al conductor, se tapó la cabeza con un periódico, resguardándose de la lluvia. Después, bajó unas escaleras que atravesaban el parque en dirección al muelle y un carromato de reparto tapó de pronto la silueta del gerente.

—¡Maldición! —exclamó Alfred pegando su rostro a la ventanilla—. ¡Va a escaparse!

Contagiado por la prisa de los niños, el taxista paró a pocos metros del carricoche de reparto y sus jóvenes ocupantes se apearon con rapidez.

Agatha extendió un billete flamante al conductor, que se quedó muy satisfecho cuando la niña le regaló el cambio, y Harpo miró hacia todos lados, buscando la figura de Thomas por alguna parte.

Parecía que el gerente se había esfumado, aunque cuando Alfred miró hacia el muelle pudo detectar su silueta corriendo bajo la lluvia:

—¡Mirad! —exclamó señalando una pequeña caseta pegada a un ferry—. ¡Se dirige a la Estatua de la Libertad!

Alfred no iba desencaminado. La figura borrosa de Thomas acababa de llegar al final del parque y se dirigía directa hacia el embarcadero.

Sin perder un segundo, los niños corrieron a través del parque tapándose la cabeza con sus abrigos. No pararon de correr hasta que llegaron a la caseta techada donde se vendían los billetes, en la que un empleado con aspecto desaliñado les cortó el paso.

—Demasiado tarde, amigos. El transporte acaba de partir.

Harpo no podía creer las palabras de aquel tipo con olor a pescado podrido.

—¿Pero qué diablos estás diciendo? ¡Si el ferry aún está parado en el muelle!

—En absoluto, tipo listo —explicó el empleado mostrando sus dientes negruzcos—. El barco está a punto de salir. Aunque... por una módica cantidad puedo hacer que os espere.

Agatha miró a Harpo convencida de poder hacer frente a aquellas abusivas condiciones. Pero cuando palpó dentro de su bolsito, vio que aquello no era en absoluto posible. La mayoría del dinero que llevaba encima había cubierto el trayecto del taxi, y tan sólo le quedaban unas cuantas monedas con las que hacer frente a aquel chantaje.

El vapor del ferry anunció la partida de la embarcación y el empleado emitió una falsa sonrisa de ironía.

—Lo siento, señores, era el último barco de la mañana. Podréis tomar el siguiente dentro de dos horas.

Harpo apretó uno de sus puños al oír las palabras del tipo, pero decidió que aquél no era un buen lugar para meterse en peleas. Así que decidió seguir a Agatha y Alfred, que se retiraban ya de la caseta mientras la lluvia los empapaba.

—¡Maldita sea! —exclamó al ver que el ferry ponía rumbo a la Estatua de la Libertad sin ellos dentro—. ¡Os dije que Thomas iba a escaparse! Los taxis no sirven para nada. ¡Son caros y tardan demasiado!

Agatha pensó que, al menos esa vez, Harpo llevaba algo de razón. Se lamentaba por haber gastado casi todo el dinero en el taxi, y por si fuera poco, también le había arreado una generosa propina. Claro que no contaba con que el empleado de la línea de ferris fuera tan avispado.

—Bueno, tal vez era absurdo... —lamentó la niña—. Puede que no hubiera nada que encontrar.

Se sentía muy mal por su poca previsión, pero lo olvidó por completo al ver a Alfred, que en esos momentos miraba hacia el ferry. El barco navegaba con calma hacia la Estatua de la Libertad y se iba alejando poco a poco al frente. El muchacho lo observaba en silencio mientras la lluvia goteaba de sus orejas. Y cuando parecía que nadie podría adivinar lo que estaba pensando, susurró una pregunta que volvió a poner todo patas arriba.

—¿Para qué querrá ir Thomas a la Estatua de la Libertad con la que está cayendo? —susurró pensativo—. Es extraño que haya decidido hacer turismo en un día tan desapacible.

—Es cierto —continuó la niña al observar el barco que disminuía en el horizonte—. Y más si no es un recién llegado. Según dice Harpo, Thomas lleva viviendo varios meses aquí. ¿Para qué querrá ir precisamente hoy a la Estatua de la Libertad? Es extraño.

Harpo supuso que los chicos estaban en lo cierto y miró a Morritos buscando su opinión. La perrita no podía estar más de acuerdo con Agatha y Alfred y se revolvió sacudiendo la lluvia que amenazaba con empaparlos por completo.

Tal vez lo mejor era volver a casa. El siguiente ferry no partiría hasta dos horas después, y quién sabría lo que haría Thomas para entonces. Era tarde para descubrir lo que el gerente buscaba en la Estatua de la Libertad. Lo más seguro era que, tras tomar el barco de vuelta, fuera directo hacia el teatro para encargarse del ensayo.

Así que los cuatro emprendieron el regreso, convencidos de que las claves del misterio aún estaban por desvelar. Aunque el trayecto de vuelta no fue tan cómodo como el de ida, pues no tuvieron más remedio que utilizar las pocas monedas que le quedaban a Agatha para pagar el tranvía.

Capítulo 9

Un crimen perfecto

La chimenea de la abuelita Miller siempre estaba encendida en invierno, pero al ver el aspecto de los niños cuando les abrió la puerta, la mujer había echado tres leños más a fin de avivar el fuego.

Alfred no recordaba otra ocasión en la que hubiera regresado a casa tan empapado. Cuando escurrió sus calcetines sobre la palangana de la abuelita Miller parecía que hubiera ordeñado la leche de tres vacas.

Al menos su sobre de la Medalla del Ciudadano sólo se había humedecido un poco, y el chico lo acercó al calor de la chimenea recordando que aquel gesto le resultaba bastante familiar.

—Deberías dejarlo en casa a buen recaudo —le aconsejó Agatha al ver el sobre calentándose ante las llamas—. Si lo llevas en el abrigo por todos lados al final se te estropeará.

El chico no estaba muy de acuerdo. El contacto con aquel sobre lo acercaba de alguna manera a Londres. No sabía cómo expresarlo, pero era un sentimiento secreto, como una especie de conexión que lo mantuviera cerca de casa. Su madre se lo había puesto a propósito en la maleta. Había querido que lo llevara consigo. Era como si aquella carta, cuyo escudo ya empezaba a cuartearse, fuera una línea de comunicación directa con sus padres.

El muchacho terminó de escurrir sus ropas y se aposentó en la butaca de al lado de Agatha. La niña atendía a las explicaciones de la abuelita Miller, que aquella mañana había aprovechado para visitar a Hércules y a Emma. Al parecer el aspecto de la enferma era cada vez más preocupante. Había empeorado, y el médico les había asegurado que su situación era crítica.

Agatha se mostró muy preocupada ante aquellas noticias. Emma iba a correr la misma suerte que Richard si ellos no actuaban pronto.

—Me siento tan impotente —dijo la niña tras oír el fatal pronóstico—. Thomas se nos escapó en las narices sin poder averiguar nada. Ojalá se me ocurriera algo útil que pudiera salvarla.

La abuelita Miller entornó los ojos y consoló a su nieta.

—Querida, no es justo que te cargues con esa responsabilidad. Los médicos hacen todo lo que pueden.

—Pero eso no es suficiente —añadió la niña con amargura—. Me temo que la salvación de Emma pasa por algo que va más allá de la medicina. Me da en la nariz. Este asunto es muy complejo, y sé que hay alguien que quiere asesinar a los actores. El problema es que no sé cómo demostrarlo. Y lo que es peor, no sé si podré encontrar un remedio para Emma. El reloj corre en nuestra contra.

Morritos sacudió su lomo peludo junto a la chimenea y se acercó a su amiga. Detectaba la preocupación en el rostro de Agatha, que continuaba cabizbaja y pensativa. La niña siempre había conseguido salir airosa de los casos de la agencia. Pero un misterio tan oscuro requería al mejor de los detectives. Y era posible que ella no lo fuera en absoluto.

—Me parece que te estás dando por vencida demasiado pronto, querida —intervino la abuelita, adivinando la pesadumbre de Agatha—. ¿Es ésta la actitud de una Miller?

Agatha levantó la cara y miró con atención los ojos de su abuela. Siempre había procurado ser la mejor en su campo, pero tal vez no estaba hecha para misterios de tal calibre.

—¿Crees que yo alguna vez he dudado de mi capacidad? —continuó la abuelita con firmeza—. Siempre he sabido que hay que luchar por lo que se quiere. Y no puedo creer que una señorita que lleve mi sangre no tenga eso bien metido en la cabeza.

Alfred atendía a la abuelita Miller muy impactado. Realmente era magnífica al expresarse. La mujer se aproximó a su nieta y le apretó la mano.

—Cariño, estoy convencida de que sabrás darle un buen final a esta historia, ¡lo tengo muy claro! Así que, ¿a qué esperas para investigar?

Agatha se emocionó al oír aquellas palabras. La abuelita era colosal dando ánimos a la gente. Había sabido leer su inseguridad con sólo mirarla a los ojos. Y se dijo que debía confiar en su criterio.

La mujer, mientras tanto, se sentó en su mesa de escritorio y acarició su maravillosa máquina de escribir.

—Sé que lo conseguirás —dijo rozando suavemente las teclas de la máquina—. Yo lo he hecho toda mi vida. Siempre les di el final que quise a todas mis historias ¡y esta máquina de escribir ha sido testigo!

La abuelita acababa de señalar con su dedo índice al aparato y un atisbo de emoción volvió a sacudir el corazón de Agatha. Sabía que la abuelita deseaba que ella heredara su máquina de escribir. Se lo había dicho siempre, desde que era pequeña. Era su posesión más valiosa y deseaba que Agatha fuera su heredera. La niña suspiró al ver a la abuelita Miller tan convencida, y cuando iba a levantarse a abrazarla, un chispazo de emoción sobresaltó de repente su pecho.

Puede que frente a ella tuviera una idea. Uno de esos cordeles de hilo tan necesarios para continuar con la investigación. Miró esperanzada a Alfred y a la abuelita, que acababan de detectar la agitación en su rostro. Todos fueron conscientes de que sucedía algo importante. Agatha se levantó lentamente y se aproximó a la máquina de escribir. Y cuando tuvo la máquina enfrente y observó con detenimiento el brillo desgastado de sus teclas doradas, descubrió, de repente, una probabilidad entre tanto misterio. Y se preguntó cómo había podido ser tan estúpida de no caer en la cuenta.

* * *

Alfred deseó no pescar un buen resfriado cuando volvió a colocarse el abrigo empapado sobre la ropa seca. Su guardapolvos no era ninguna maravilla, pero además, estando mojado, podía provocarle una pulmonía. Agatha había insistido en que debían acudir de inmediato al teatro, pues era importantísimo observar de cerca aquel piano.

—Pero si eso estaba descartado —dijo Alfred intentando calmar el nerviosismo de la niña—. Lo examinamos sin resultados. Otros actores lo han tocado y no les ha pasado nada.

—Así es —contestó la niña—, pero tengo una corazonada, y puede que sea una esperanza para Emma. Tenemos que averiguarlo. Y sólo puedo hacerlo yendo al teatro.

La niña abrochó los botones de su abrigo y se giró hacia la abuelita Miller con rapidez. La mujer miraba emocionada a su nieta, apoyada en el marco de la puerta. Y cuando la niña insistió en que los acompañara, declinó la oferta con una sonrisa.

—Esta historia es tuya, querida. Tú debes protagonizarla. Además, ya sabes que yo no voy a los teatros.

Los niños se despidieron de la abuelita y pusieron rumbo al teatro de variedades confiando en que Harpo no hubiera llegado tarde al ensayo.

Tras un trayecto bastante accidentado debido al hielo que les hizo resbalarse, la niña comenzó a exponer algunas de sus reflexiones a Morritos y a Alfred.

—Tenemos varias piezas que conforman este juego —dijo mientras apretaba el paso—. Disponemos de una partitura que aparentemente no tiene nada raro. Y lo mismo pasa con ese piano. Pero... ¿y si combinándolos descubrimos algo que se nos había pasado por alto?

Alfred aceptó que la idea tenía cierta lógica. Sin embargo, no entendía el motivo de que su amiga hubiera saltado de sopetón. Seguro que algo más debía de haber descubierto, aunque no pudo averiguarlo hasta que los tres llegaron al teatro.

Una vez allí, Harpo se mostró encantado de verlos. El chico había terminado ya con el ensayo de la tarde y le pareció una idea excelente hacer un poco de tiempo hasta la hora de la función. Apenas quedaba nadie en el teatro, así que cuando Agatha le pidió examinar el piano, no mostró ningún impedimento, ya que todos los actores se habían ido.

Los niños y Morritos avanzaron por el pasillo del camerino y se cruzaron con la señora Hope, que se disponía a marcharse. La mujer tomó su abrigo del perchero de los actores, que consistía en una larga ristra de ganchos con el nombre de cada trabajador bajo su lugar correspondiente. La señora Hope se enfundó en su capa color cereza y se preparó para el frío, ajustándose una enorme bufanda alrededor del rostro. Al verla, Harpo esbozó una sonrisa y decidió presentarle a Alfred y a Agatha. Ella era la asistente de la Falconetti, y puede que Agatha quisiera hacerle algunas preguntas de cara a la investigación.

—Tengo algo de prisa —mascullló la señora Hope una vez que Harpo hizo las presentaciones—. Me temo que tendremos que buscar otro momento.

Agatha accedió sin rechistar. Parecía que la dama no estaba en aquel momento de muy buen humor. Así que prefirió dejar el posible interrogatorio para cuando la anciana estuviera más dispuesta a colaborar. La mujer avanzó por el pasillo del camerino hasta desaparecer y, una vez que se hubo marchado, Harpo sacudió la cabeza.

—La señora Hope me tiene preocupado —dijo

mirando hacia la puerta que la anciana había cerrado tras de sí—. Está muy extraña últimamente.

—¿De veras? —preguntó Agatha—. ¿A qué te refieres?

—Si la hubieras conocido antes de que Emma enfermara... Era una mujer alegre, dicharachera... Siempre tenía tempo para charlar. En cambio ahora... Todo esto ha debido de afectarle mucho. No parece la misma.

Agatha sintió que Harpo era un muchacho muy bondadoso. Siempre tenía una palabra amable para sus compañeros del teatro. Y Rachel Hope, a pesar de su mal carácter, no había sido una excepción. La niña pensó que tantas horas repletas de emociones compartidas alrededor del escenario serían la explicación para ese cariño. Comenzaba a comprender por qué los trabajadores del teatro se consideraban a sí mismos como una gran familia.

Una vez que Harpo los guio hasta la sala, la soledad de las butacas encogió el pecho de Agatha. Era extraño encontrarse en un teatro vacío, en donde hasta el eco de sus pasos se percibía desde cualquier rincón. La niña miró al frente; el telón estaba desplegado, mostrando un paisaje de asientos desnudos.

Tan sólo quedaba una única presencia, la del famoso piano, que los desafiaba solitario desde el centro del escenario.

Alfred, Harpo y Morritos aguardaban expectantes. Ninguno de los tres sabía qué se proponía hacer Agatha. Y cuando vieron que se aproximaba hasta el piano, se sentaba en el taburete y plantaba la partitura maldita sobre el atril, protestaron acaloradamente.

—¿Estás loca? —exclamó Harpo poniendo su mano sobre la partitura—. ¿Qué pretendes demostrar?

—Tan sólo la verdad —contestó la niña—. Que no hay ninguna maldición en este caso y que todo responde a un intento de asesinato.

—Pero ¿por qué tienes que tocar este piano? —intervino Alfred, blanco como las teclas—. No estoy dispuesto a que corras ningún riesgo. ¿Y si te pasa algo?, ¿qué voy a decirle a tu abuela?

—Mi abuela estaría de acuerdo con mi línea de investigación. Además, no te preocupes, Harpo va a ayudarme. Podrá leer las notas musicales mientras yo las voy tocando. Así será más fácil que entre los dos averigüemos algo.

—¡Si yo no sé leer música! —exclamó el muchacho al ver la responsabilidad que se le venía encima—. Sólo conozco un par de canciones que me enseñó mi hermano. Me las aprendí de memoria. ¡No sé leer ni una sola nota!

Agatha se quedó pasmada ante aquella confesión. Siempre había creído que Harpo estaría educado en lectura musical. Pero al parecer, sus cualidades escénicas eran más bien las de un buscavidas.

—Bueno, entonces no queda más remedio que sea yo quien lo intente —afirmó con aplomo—. Soy la única que puede leer esta partitura.

Morritos ladró un par de veces, rotundamente en contra de aquella decisión. No estaba dispuesta a heredar ella sola Miller & Jones por aquel exceso de valentía, y se colocó al lado de Alfred para hacer ver su postura.

Sin embargo, Agatha no estaba dispuesta a dejarse doblegar y miró muy seria al frente. Las notas de la partitura le gritaban sus sonidos desde el pentagrama. Y pensó en las palabras de la abuelita Miller. Aquel caso necesitaba una detective con plena convicción. Así que inspiró profundamente y comenzó a tocar.

Harpo se colocó detrás de Agatha y empezó a morderse el dedo pulgar. Procuraba concentrarse en la melodía, así que cerró los ojos y deseó con todas sus fuerzas que aquel impulso no les costara una nueva visita al hospital.

Alfred, por su parte, observaba los dedos de Agatha, que pulsaban las teclas del piano con delicadeza. Había sido una suerte que las niñas de la alta sociedad estuvieran educadas en tantas exquisiteces, pero en aquellos momentos pensó que podría volverse en su contra. Le habría encantado que Harpo hubiera ocupado su lugar, pero un músico incapaz de leer partituras no les servía de mucho.

El chico intentó calmar su miedo concentrándose en las manos, que revoloteaban de un lugar a otro del teclado. Éstas se juntaban y se separaban a medida que la música se escapaba de la caja del piano. Y una vez que la introducción de la pieza hubo concluido, su amiga comenzó a cantar.

Harpo se quedó petrificado al escuchar la voz de Agatha. Jamás habría imaginado que aquella niña con ansias de investigadora estuviera tan bien dotada para las artes escénicas. Él habría empeñado cualquiera de sus pertenencias por una afinación así, y en el fondo de su corazón sintió algo de envidia. Pero se dijo que no debía distraerse de su misión. La vida de Agatha estaba en juego y no podían permitirse una nueva baja sobre el escenario.

La melodía había pasado a su parte más arrebatadora. Agatha interpretaba los compases con mucha pasión. Alfred se fijó en que las manos de la niña cada vez se separaban más una de la otra, y que regresaban al centro para dirigirse de nuevo hacia los extremos del teclado. Si algo ocurría, seguro que estaba a punto de suceder, y observó con detenimiento el rostro de su amiga, intentando detectar algo extraño en su gesto.

Agatha seguía tocando. Terminó la segunda estrofa para dar paso al estribillo y, cuando estuvo preparada para continuar con las dos últimas líneas de compases, notó cómo el tiempo se paralizaba a su alrededor.

Sus dedos parecían moverse cada vez más despacio, como si aquellas notas sonaran a cámara lenta. Entonces sus ojos se adelantaron a los siguientes compases de la partitura, observó las notas que quedaban por tocar, y de repente comenzó a comprender.

Miró con pavor hacia el teclado. Su mano izquierda, aquella que tocaba las notas graves, se alejaba ya hacia el extremo, siguiendo las notas de música. Era como si sus dedos tuvieran vida propia, como si no fuera capaz de ordenarles que se detuvieran en su camino. Pues su cerebro acababa de entender lo que sucedía, aunque aún no le había dado tiempo a alertar a su mano.

Agatha intentó parar, pero el tiempo pasaba tan lento en su cabeza que era imposible dar la orden con rapidez. Creyó estar perdida, hasta que de pronto, un golpe inesperado hizo que la música del piano cesara.

—¡Agatha! ¡Quieta!

Harpo acababa de agarrar la mano izquierda de la niña y la sostenía en el aire, impresionado ante lo que tenía ante sus ojos. Los dos miraban con sorpresa el extremo izquierdo del piano, mientras que ni Alfred ni Morritos se atrevían a acercarse. Por fin la niña fue consciente de sus propios movimientos y bajó la mano, lentamente, hasta depositarla sobre su falda.

—Lo sabía... —murmuró perdiendo su mirada sobre la escalera de teclas—. Estaba escondido aquí mismo y nadie se dio cuenta.

Harpo estaba paralizado. Incluso él estaba impactado por su propia reacción, e intentó explicarse:

—De pronto he recordado la melodía en mi cabeza —dijo muy serio—. Es justo a partir de ese momento de la canción cuando siempre ha empezado la tragedia. Con esas notas graves.

Al ver que Agatha estaba a salvo, Alfred se acercó a la niña intentando enterarse de todas las deducciones. Su amiga giró el taburete mirando muy seria a sus amigos.

—¿Recordáis lo que Richard gritó antes de desmayarse? ¿Lo que contó la Falconetti?

—Sí —contestó Alfred—. Ella dijo que Richard comenzó a gritar algo sobre el Diablo.

—No exactamente —matizó Agatha—. Él dijo «*Diabulus*», que significa «Diablo» en latín, sí, pero no se estaba refiriendo a lo que todos creemos, sino a algo más espeluznante. Fijaos.

La niña se aproximó a la partitura y señaló un grupo de notas, dibujadas en la parte baja del pentagrama.

—¿Veis esto? —dijo apuntando a los últimos compases de la partitura—. Son las notas que he estado a punto de tocar. Justo cuando Harpo me ha detenido. La primera de ellas es un *mi*, la última que he pulsado. Y la siguiente, más abajo, corresponde a un *si bemol.*

Los niños y Morritos miraban a Agatha, incapaces de deducir adónde quería llegar su amiga, y pusieron cara de no comprender.

—Perdonad —asintió Agatha comprensiva—. Sé que esas dos notas no os dicen absolutamente nada, y mucho menos si no sabéis leer música. Pero si os digo que ambas forman un *«Diabulus in musica»* seguro que os convencéis de lo especial de esta canción.

—¿Un *«Diabulus in musica»*? —exclamó Harpo estupefacto.

—Así es —contestó Agatha—. Estas dos notas tienen una distancia de tres tonos en el pentagrama. Algo que los antiguos músicos prohibieron en la Edad Media. Una forma de componer maldita. Así que seguro que sabréis deducir a qué se estaba refiriendo Richard cuando cayó enfermo.

—¡No estaba hablando del Diablo, sino de la partitura! —exclamó Alfred.

—¡Exacto! —confirmó Agatha—. Acababa de darse cuenta de que este compás encerraba un secreto.

Alfred intentó tragar saliva, muy impresionado. No podía imaginarse qué misterio escondían esas dos notas malditas, pues todo apuntaba a que Agatha iba más allá en sus cavilaciones.

—Morritos, necesito que olisquees las últimas teclas del piano —dijo la niña intentando guardar la calma.

No hizo falta repetir la sugerencia. Morritos se incorporó de inmediato y se aproximó hacia las teclas de la izquierda, teniendo mucho cuidado de no tocarlas con ninguna de sus patas.

—Estoy segura de que en unos instantes obtendremos la respuesta —se explicó Agatha—, pero puedo adelantaros que estas dos últimas notas corresponden a dos teclas concretas, muy a la izquierda del teclado.

Morritos emitió un par de ladridos y los niños se aproximaron al piano. Alfred examinó las teclas, pero no parecía haber nada sobre ellas.

—No veo nada raro —exclamó el chico sin saber dónde buscar.

Agatha sonrió, convencida de su pericia.

—No es en las teclas blancas donde está el misterio. Precisamente, el *mi*, ésta de aquí, es la última nota que he tocado, y corresponde a una tecla blanca. La quinta empezando por la izquierda. En cambio, me jugaría toda la fortuna de mi familia a que la primera tecla negra del piano, el *si bemol*, es la culpable de todo esto. Pues pulsándola a continuación tocaríamos un *«Diabulus in musica»*. El intervalo prohibido.

Harpo entendió al fin lo que quería decir Agatha. Extrajo un pañuelo de su bolsillo y lo pasó por la superficie de la primera tecla negra, la que correspondía a la nota *si bemol*.

—¡Mirad esto! —exclamó el chico.

El pañuelo de Harpo demostraba que la teoría de Agatha era cierta. Pues una sustancia azulada acababa de aparecer sobre la tela como polvos mágicos.

—¡Es veneno! —exclamó Alfred, y miró a su amiga intentando confirmar su extraordinaria deducción.

Agatha se levantó del taburete y continuó explicándose.

—Cuando observé la máquina de escribir de la abuelita Miller una idea me hizo ver este piano de otro modo. Mirándola de cerca me di cuenta de que había algunas teclas desgastadas. Las teclas que más se suelen pulsar. Lo que me llevó a la conclusión de en el piano podía suceder lo mismo: unas teclas se usan mucho más que otras.

Alfred y Harpo comenzaron a comprender. Y la niña tomó la partitura del atril, mostrándosela al frente a sus amigos.

—Fijaos. En el pentagrama las notas se vuelven tan graves que casi se acaba el piano para poder tocarlas. Y estas notas corresponden a las teclas de la izquierda del todo, que casi no se usan. Eso, unido al «*Diabulus in musica*», que nos muestra el lugar exacto a modo de advertencia, me ha hecho detectar claramente en qué tecla estaba el veneno.

—Con la partitura adecuada era fácil esconderlo —añadió Harpo.

—Exacto —continuó la niña—. Otros actores podrían tocar ese piano sin que les ocurriera nada, ya que no pulsaban la tecla envenenada. Está tan a la izquierda que nadie la toca. Es una idea fantástica para hacer creer a todos que esto es una maldición.

—Un crimen perfecto... —musitó Alfred.

—Así es —contestó la niña con una sonrisa de oreja a oreja—. Aunque ya no lo es tanto.

Una vez hubo escuchado aquellas conclusiones, Harpo se alegró de que se hallaran solos en el teatro. Cualquiera podría ser sospechoso y eso le hizo sentirse muy desprotegido.

—Pero ¿quién querría hacerles esto a Richard, a Emma y a Norman? ¿Quién puede tener esa intención?

—No lo sé —dijo Agatha doblando la partitura y entregándosela a Harpo—. Pero lo que está claro es que el culpable conoce muy bien el lenguaje de la música. Así que andando. Tenemos todavía mucho trabajo por delante si queremos salvar la vida del resto de los actores de la compañía.

* * *

Agatha, Morritos y Alfred salieron del teatro con el pañuelo de Harpo bien guardado en el bolsillo. El actorcillo no podía acompañarlos, pues faltaba poco para el comienzo de la función. En cambio, ellos debían acudir de inmediato al hospital. Era primordial que contaran a Hércules sus deducciones, y lo que era más importante: entregarían aquella misteriosa muestra que habían recogido de la tecla del piano.

Agatha se sentía exultante. Estaba encantada de haber hecho caso a los consejos de la abuelita Miller. Había podido demostrar que ella tenía razón y que en aquel nuevo caso al que Miller & Jones se estaba enfrentando no había lugar para maldiciones de ningún tipo.

Alfred, por su parte, estaba impresionado. Los conocimientos musicales de Agatha habían supuesto un avance impresionante para el caso, aunque todo ese asunto le daba mala espina. No sabía por qué, pero tenía la impresión de que, cuantos más datos conocían acerca de aquel misterio, más en peligro se encontraban.

El chico procuró cobijarse en su abrigo aún húmedo, mientras avanzaban hacia el hospital. Atravesar la isla de Manhattan con aquel frío era una verdadera locura, incluso contando con el mejor de todos los guardapolvos, pero dejó de preocuparse en cuanto notó que, unos pasos atrás, algo los seguía.

Apenas había percibido gran cosa desde que salieron del teatro, pero hacía un par de manzanas que se había dado cuenta. Giró la cabeza y descubrió que un auto negro avanzaba muy despacio tras ellos, como si su intención no fuera otra que la de pisarles los talones.

Alfred procuró acelerar la marcha y ganar distancia, pero cuando agudizó el oído, detectó que el coche negro acababa de subir de velocidad. Por fortuna, casi habían enfilado la acera del hospital y conseguirían ponerse a salvo de inmediato. Alertó a sus dos amigas y los tres corrieron acera adelante en dirección a la entrada. Al parecer, Agatha y Morritos también se habían dado cuenta de la presencia de aquel coche misterioso. Y cuando los tres estaban a punto que alcanzar el sanatorio, el auto aceleró de repente y se perdió al fondo de la calle a gran velocidad.

—Este caso está empezando a complicarse —murmuró Agatha tras unos segundos en silencio.

Alfred asintió preocupado, Morritos emitió un gemidito y los tres se adentraron en el edificio del hospital.

* * *

Por fortuna, ningún enfermero se cruzó con ellos cuando atravesaron los pasillos del sanatorio. A aquella hora de la tarde todo el personal debía de estar ocupado con sus tareas y probablemente nadie repararía en la presencia de una perra de dos rabos en el edificio.

Agatha avanzaba muy deprisa, consciente de que no había tiempo que perder. Enfiló el pasillo de la sala de enfermos y lo recorrió en un periquete, dirigiéndose hacia el fondo del corredor. Por fin, los tres llegaron al final de la sala y, cuando se aproximaron hasta la cama de Emma, descubrieron a un cabizbajo Hércules dormitando junto a ella.

Alfred observó con lástima al mayordomo. Se hallaba sentado muy cerca de la cama y sostenía la mano de su hermana con ternura. Apretaba sus dedos con fuerza, como si quisiera transmitirle toda la energía que faltaba en aquel cuerpo transparente.

Alguien se movió tras el biombo que había junto a Emma, y el doctor Wilkins apareció en aquel momento detrás de él. Tras saludar a los niños, el hombre no puso muy buena cara al ver allí a Morritos, pero como la perrita se tumbó bajo la cama en actitud sumisa, no se decidió a protestar.

—Es un placer volver a verles —dijo susurrando para evitar que Hércules se despertara—. Aunque siento no poder darles mejores noticias que lo que le expliqué esta mañana a su abuela.

Agatha se asomó hacia el otro lado del biombo, donde un pálido Norman respiraba entrecortadamente. Al parecer el doctor se estaba ocupando también de él. El muchacho parecía haber caído en la misma situación que su antecesora, y Agatha observó una mancha similar a la de Emma cruzando su cuello. La misma marca azulada que aquel veneno, a buen seguro, habría originado.

Al ver aquello, Agatha se dijo que debía comunicar de inmediato al doctor que podía haber una esperanza. Así que extrajo el pañuelo de Harpo de su bolsillo, mostrando al asombrado doctor el fruto de sus pesquisas.

Al verlo, el hombre palideció. Y una vez que Agatha y Alfred le explicaron los detalles acerca de su ubicación, la euforia se adueñó del rostro del médico. Asió con mucho cuidado el pañuelo entre sus manos y miró a los niños con emoción.

—Señorita Agatha, puede que esto sea una esperanza —dijo entusiasmado.

Detrás de ellos, Hércules acababa de despertarse, alertado por las voces de la conversación.

—¿Qué sucede? —dijo desperezándose de inmediato.

—Pues que puede que hayamos encontrado una solución para el caso de Emma —exclamó Alfred con esperanza.

—Señorita Agatha, ¿es cierto eso? —exclamó Hércules levantándose de la silla.

Agatha pasó a explicarle los detalles de sus deducciones, las sospechas sobre el intento de asesinato y cómo las teclas del piano los habían guiado hasta ahí. El mayordomo se puso igual de contento que el doctor Wilkins, que estaba maravillado con la muestra del pañuelo.

—Analizando la sustancia podremos localizar el antídoto —confirmó el doctor—. Aún es pronto para estar seguros. Pero puede que gracias a esta muestra tengamos una cura. Voy a llevármela ahora mismo al laboratorio.

El hombre inclinó la cabeza y se marchó corriendo. Al verlo, Hércules pasó una mano por su cara, que mostraba signos de cansancio. Las noches de hospital estaban pasándole factura, y su piel tenía un aspecto gris amarillento.

—Espero que no sea demasiado tarde para Emma —susurró mirando hacia la cama de su hermana—. Aunque también estoy preocupado por Norman. Parece que la enfermedad avanza muy rápido en él.

Alfred se aproximó con cuidado hacia el otro lado del biombo, observando a Norman en silencio, y esperó que aquellos restos sirvieran también para salvarle a él.

—Pobre Norman.. —se lamentó Hércules—. Pertenecer a una saga tan importante de actores y ahora acabar así...

—¿A qué te refieres? —preguntó Alfred.

—Norman ha sido siempre compañero de Emma, y por ella sé que la familia de Norman era muy importante. Sus padres y sus abuelos eran genios de la escena. No sería justo que tuviera este final.

Alfred comprendió las palabras de Hércules y posó una de sus manos sobre el brazo del mayordomo.

—No debes preocuparte, Hércules —dijo con firmeza—. Creo que gracias a esa muestra de veneno conseguiremos salvarles.

Capítulo 10
Cena en casa de los Marx

Las luces de la calle ya estaban encendidas cuando Agatha, Alfred y Morritos salieron del hospital. Encontrar el veneno encima de aquella tecla había sido esperanzador, aunque los últimos acontecimientos se habían desarrollado tan rápido que apenas habían tenido tiempo para pensar.

Agatha se sentía satisfecha. Al fin había podido convencer a todos de que aquello era obra de alguien de carne y hueso. Si bien por el momento no había muchas pistas sobre las que poder elaborar una identidad. Mantenía las sospechas sobre Thomas, pero esperaba encontrar algún detalle más interrogando a los miembros del teatro.

Tras un buen trecho a lo largo de la calle 12, los niños se desviaron por la avenida hacia la estación del tren elevado. Antes de que los dos se marcharan hacia el sanatorio, Harpo había tenido la amabilidad de invitarles a cenar en su casa. El muchacho se sentía tan agradecido con la eficiencia de Miller & Jones que no encontró otro modo de corresponderles.

Alfred había aceptado a regañadientes. Y no se debía a sus sospechas del principio, ya que Harpo parecía inofensivo, sino a que, por muy simpático que le cayera, eso no solucionaba lo mojado que aún estaba su abrigo. Alfred sabía que si continuaba yendo de aquí para allá con las ropas empapadas acabaría con una pulmonía.

No obstante, el trayecto fue más confortable de lo que había supuesto, y cuando ambos se plantaron frente a la fachada del 179 de la calle 93, comprendieron el interés de Harpo por el mundo del espectáculo.

Una cálida algarabía se filtraba a través de las ventanas del cuarto piso, y Agatha supuso, por el jolgorio, que aquel apartamento debía de tratarse del hogar de la familia Marx. Era una copia exacta de los sonidos del teatro. La música de un acordeón traspasaba el vidrio del ventanal y amenizaba la soledad de la calle, en la que un par de gatos los miraban desde los cubos de basura. Los felinos estaban dándose un festín de raspas de pescado, y Morritos gruñó al verlos, poco convencida de la comodidad de aquel barrio.

En aquel piso de la calle 93 no había lugar para la tristeza. Un enjambre de risotadas animó a los niños y a Morritos a aproximarse a la casa. De hecho, en cuanto pulsaron el timbre y una señora menuda y sonriente les abrió la puerta, los tres pudieron confirmar lo bien que los Marx recibían a sus invitados.

El ambiente era tan acogedor que resultaba imposible dar media vuelta. Aunque en aquella sala tan pequeña no podían caber más personas. Tres muchachos hambrientos esperaban la cena con el tenedor en la mano, mientras que a su lado un hombre mayor se carcajeaba con sus chistes haciendo sonar el acordeón.

Agatha adivinó que aquellos tres muchachos debían de ser los hermanos de Harpo, pues todos ellos eran igual de parecidos entre sí. Se extrañó de no ver entre ellos a su nuevo amigo, pero al oír a Morritos ladrando a sus pies, divisó al chico apareciendo por la puerta con una bandeja repleta de vasos.

El hombre del acordeón miró a uno de los hermanos poniendo disimuladamente su pie a modo de zancadilla. Y al tropezarse, Harpo dio un traspié que casi le hizo tirar todos los vasos.

Los habitantes del salón estallaron en carcajadas, y Harpo recolocó los vasos en la bandeja aliviado de no haber dado con los morros en el suelo.

—El tío Al, siempre tan gracioso —comentó mirando a los niños—. Tened cuidado. Entre él y mis hermanos no hay piedad para nadie bajo este techo.

El tío Al se cruzó de brazos, satisfecho con su broma, y guiñó un ojo a los recién llegados. Agatha estaba patidifusa ante las maneras de aquella familia. En su casa un comportamiento de aquel tipo jamás habría sido admitido. Y se sorprendió más al ver que la madre de Harpo colaboraba con aquellas bromas. Minnie Marx trataba de disimular la risa y, tras aposentarlos junto a sus hijos en la pequeña mesa, anunció muy digna la llegada de la cena.

A continuación, un señor delgado y moreno hizo su aparición cargado con una ensaladera repleta de espaguetis. Toda la familia aplaudió ante la llegada del señor Marx, que no paraba de hacer reverencias en cuanto plantó la fuente en el centro de la mesa.

—¡Eres un artista, Frenchie! —exclamó uno de los muchachos al ver a su padre.

Después se abalanzó sobre la fuente y comenzó a pinchar tiras de espagueti y a servírselas en el plato.

Todos se apresuraron a imitarle. Únicamente Alfred y Agatha observaban desde sus asientos, aterrorizados ante la avalancha de Marx que invadía la mesa. Alfred comprendió que, si quería llenar el estómago, debía imitar a los chicos, así que se acercó a la ensaladera y comenzó a comer. Por el contrario, Agatha permanecía muy quieta esperando que la señora Marx tuviera a bien ponerle unos pocos espaguetis en el plato. Por desgracia la mujer había desparecido rumbo a la cocina y no parecía estar muy pendiente de lo que pasaba sobre el mantel. Así que Agatha decidió esperar a que la mujer regresara. Seguro que ponía paz entre aquella manada de salvajes.

Al ver que no comía, Harpo se separó por un momento de la fuente y advirtió a Agatha:

—Será mejor que te des prisa o no probarás bocado. ¡Los guisos de Frenchie no duran mucho sobre la mesa!

Y tras aquella advertencia el muchacho volvió a su faena. Agatha miró asustada a Harpo. Se había transformado en un auténtico depredador, pues empujaba a sus hermanos para recolocarse en su sitio. La niña observó su tenedor, que permanecía intacto sobre el mantel grisáceo. El estómago se le encogía de hambre. Tal vez debía espabilarse si quería llevarse algo a la boca aquella noche. Así que tomó el cubierto con sus deditos blancos, cerró el puño alrededor de él y se sumó a la maraña de comensales abriéndose hueco a codazos.

—¡Muy bien, señorita! —alabó la señora Marx entrando desde la cocina—. Un par de cenas más con estos salvajes y seguro que acabarías dominándolos.

Agatha depositó la pinchada de espaguetis sobre su plato y comprobó que Harpo no se equivocaba. El guiso estaba delicioso. Realmente Frenchie era un buen cocinero que sabía cómo aderezar los platos.

Los chicos devoraban la pasta entre risotadas y gracietas. Y a pesar de que casi no comprendía ninguna de aquellas tonterías, la niña se sintió cómoda en aquella mesa. Sin duda aquella cena de espaguetis en casa de los Marx estaba transcurriendo de un modo mucho más divertido que las aburridas veladas de su mansión londinense, en las que sólo se podía escuchar el tictac de los relojes.

Poco tiempo pasó para que Frenchie trajera el postre. Y esta vez Agatha se abalanzó sobre la fuente de gachas dulces como una auténtica Marx.

Harpo miró con orgullo a la niña y se fijó después en Alfred. El chico también parecía contento; cuando la cena llegó a su fin, se acarició su tripa repleta de comida.

—Estaba delicioso, muchas gracias —asintió satisfecho.

El padre de Harpo agradeció el gesto inclinando la cabeza, y los chicos Marx se arremolinaron a su alrededor peleándose por los equipos del juego de cartas. Al parecer, era tradición que, tras la cena, la familia Marx luchara a vida o muerte en una partida con la baraja. Los equipos normalmente estaban dispuestos, pero al incluir a la madre de Harpo, que aquella noche había decidido jugar, los grupos estaban descompensados.

—Normalmente es Groucho quien juega con Minnie —explicó Harpo en mitad de todo el follón—. Pero hoy tenía función en su teatro y llegará tarde.

—Yo creo que el nuevo podría sustituirle sin problemas —comentó uno de los hermanos de Harpo.

Alfred se quedó petrificado al oír la invitación, y se dijo que debía rechazarla con amabilidad.

—Es que yo no sé casi jugar... —se excusó con alborozo—. Sería un desastre.

—¡Mejor para nosotros! —exclamó Frenchie—. Venga, caballero, siéntese a la mesa y reparta las cartas.

Alfred obedeció al señor Marx. Después de aquella cena deliciosa hubiera sido una descortesía no hacerlo. Aunque eso significara ser desplumado.

Harpo sonrió al ver cómo Alfred se integraba en la rueda de jugadores y se volvió hacia Agatha, convencido de poder sorprenderla.

—Tú vendrás conmigo —dijo con voz misteriosa—. Tengo algo que enseñarte.

* * *

El apartamento de los Marx ocupaba el cuarto piso de la finca. Pero una escalera de incendios permitía que los ocupantes descendieran a la calle tan sólo saliendo por la ventana. Harpo guio a Agatha a través del pasillo hacia la cocina, donde Morritos aún continuaba entretenida con un saco de huesos que Minnie Marx había depositado en el suelo. Morritos se relamía con aquel banquete, y casi ni atendió a los chicos cuando ambos se deslizaron por la ventana aferrándose a la escalerilla.

En contra de lo que Agatha habría supuesto, el destino de Harpo no era la calle, sino que comenzó a trepar hacia arriba. El muchacho subía los peldaños metálicos de los diferentes tramos de escalera mientras vigilaba que Agatha le siguiera. Cuando terminó con el último, tomó de la mano a la niña, y ambos miraron hacia el cielo, impresionados por la manta de estrellas que se desplegaba sobre sus cabezas.

Se encontraban en la azotea del edificio. Una parte del tejado estaba decorada con los cachivaches más extraños, los cuales Harpo conservaba ordenadamente dentro de un mueble-estantería. Allí el chico atesoraba varias barajas de naipes, tarros repletos de botones e incluso un pequeño reloj de bolsillo que sobrevivía sin manecillas. Agatha quedó asombrada ante aquel lugar, y sonrió encantada de que Harpo hubiera tenido la confianza de mostrárselo.

—Es mi lugar secreto —se explicó el muchacho dando cuerda al reloj—. Mi rincón particular. Vivir en una casa con otros cuatro hermanos no te deja mucho espacio libre para estar solo.

Harpo subió sobre las tejas y dejó hueco para que Agatha le acompañara. La vista de tantos edificios plagados de luces era un absoluto espectáculo.

Una maravilla de paisaje. La niña sintió que debía dar las gracias por todo a su nuevo amigo. No sólo por haberles salvado el día del atraco, sino porque gracias a la generosidad de Harpo, Emma podía estar a punto de curarse. Y por si fuera poco, el chico los había invitado a degustar una cena que estaba preparada para muchos menos comensales.

—Muchas gracias por habernos invitado, Harpo —sonrió la niña—. La comida estaba muy buena.

—Frenchie es el peor sastre de todo Nueva York, pero en cambio es un gran cocinero. La mayoría de los trajes que cose son inservibles. Acaban devolviéndoselos. Sin embargo, es capaz de preparar un guiso estupendo con tan sólo tres ingredientes.

Agatha soltó una risita al oír aquel comentario, aunque intentó contenerse para no ofender al muchacho. En cambio, Harpo se cruzó de brazos y se quedó mirando al frente, como si aquel paisaje de estrellas pudiera escuchar sus peticiones.

—Ojalá ganara el dinero suficiente para que Frenchie montara un buen restaurante. Me darían igual la fama y el estrellato. Yo sólo quiero triunfar para que él pueda demostrar su verdadero talento.

La niña guardó silencio, pues sabía que aquel deseo era difícil de cumplir. Triunfar en el escenario era un sueño que sólo alcazaba un puñado de actores. Pero le gustó que Harpo no perdiera la esperanza. Si había algo que le había llamado la atención en aquel viaje era la ilusión que la gente ponía en hacer realidad sus deseos. Desde que se montaban en el barco de Liverpool, todos estaban ilusionados por labrarse una nueva vida. Y Agatha pensó que los Marx eran una buena muestra de ello.

—Es difícil hacerse hueco en esta ciudad cuando uno llega de nuevas —comentó Harpo—. Lo primero es conseguir que te dejen entrar. Mi familia pasó mucho tiempo en la isla de Ellis hasta que fue admitida.

—¿Qué quieres decir? —preguntó Agatha sorprendida—. Creía que los pasajeros de tercera clase paraban en la isla de Ellis tan sólo unas horas.

—¿Bromeas? —exclamó Harpo ante la ignorancia de Agatha—. Esa isla es una auténtica cárcel. Las familias se quedan ahí semanas enteras esperando entrar. Y no todas lo consiguen. Muchas son devueltas a sus lugares de origen.

Agatha estaba impactada ante aquellos descubrimientos. No esperaba que la entrada a Nueva York fuera algo exclusivo de la gente de primera clase. Y se dio cuenta de que gracias a los Marx estaba comprendiendo otro modo de ver las cosas.

—Al menos Emma y sus compañeros lograron llegar hasta aquí —dijo la niña.

—Sí, ellos sí lo consiguieron. Tras incendiarse su teatro no les quedó más remedio —comentó el chico—. Es lo que hacemos los actores. Buscarnos la vida de un lugar a otro. Lástima que algunos asesinos nos quieran poner las cosas aún más difíciles.

Agatha entendió hacia dónde quería llegar Harpo. Desde el descubrimiento de la tecla envenenada, aquel misterio centelleaba en su cabeza. Había muchos flecos que aún se les escapaban.

—Recuerdo muy bien cuando Emma llegó al teatro —explicó Harpo—. Fue el mismo día que yo hice mi prueba ante Strudel. Ella llegó la primera y explicó que acudía buscando trabajo. Después presentó a todo el elenco que llevaba detrás: Richard, Norman y la Falconetti.

—Así que todos ellos acompañaron a Emma desde Londres —intervino Agatha.

—Así es. Todos menos Sebastian. Él es un ventrílocuo muy conocido aquí en Nueva York, y llevaba tiempo trabajando en el teatro. Después de las audiciones, Strudel nos contrató a todos, pues quería darle un nuevo aire al espectáculo. Bueno, yo empecé un poco después; mi hermano Groucho se tiró dos semanas intentando convencerle.

—Así que tú no viste lo que sucedió con Richard.

—No. Pasó antes de que yo entrara. Lo que quiere decir que el asesino lleva actuando bastante tiempo.

Agatha asintió. Había que encajar varias notas en aquel improvisado pentagrama, pero también sabía que analizando todas las piezas podrían encontrar la solución.

—Algo deben de tener en común todos esos actores —apuntó la niña—. Y hasta ahora lo único que encuentro es su procedencia.

—Así es. Todos eran del grupo de Londres —confirmó Harpo—. Pero no sabemos si Sebastian o el director Strudel están a salvo de esta escabechina. Puede que también estén en peligro.

—Tenemos que darnos prisa —asintió Agatha—. Me da en la nariz que aún hay detalles vitales que se nos escapan. Lo único que sabemos es que el sospechoso conoce muy bien el lenguaje de la música. El hecho de que colocara el veneno en esa tecla, justo en el «*Diabulus in musica*», me hace pensar además que sabe muy bien lo que se hace. Pretendía hacernos creer a todos que esto es una maldición.

—Estoy de acuerdo —asintió Harpo—. El problema es que no sé si Thomas encaja con todo eso que has dicho. Él sólo es el gerente. Y por lo que sabemos, aparte del boxeo, no sabe hacer nada sobre el escenario.

—Vaya... —murmuró Agatha—. Así que lo único que tenemos es un sospechoso que no encaja para nada con el *modus operandi*. Querría creer que eso es un avance. Pero me temo que no es así.

Harpo asintió y miró a Agatha con admiración. Jamás habría pensado que aquella niña inglesa con pinta de estirada tuviera tantas cualidades escondidas. Gracias a ella, Emma, Norman y el resto de los actores podrían tener una oportunidad. Y se dijo que había sido una gran suerte toparse con ella y con Alfred en aquel callejón.

Llevaban ya un buen rato charlando en la azotea y no se habían dado cuenta de la hora que era. Agatha pensó que tal vez era tarde e indicó a Harpo que bajaran a rescatar a Alfred de las garras de los Marx.

Sin embargo, cuando bajaron la escalerilla de incendios y llegaron al saloncito, parecía que Alfred estuviera dominando por completo el juego. Los hermanos de Harpo le rodeaban ansiosos, mientras Minnie miraba de reojo las cartas de su marido. Alfred estaba a punto de culminar una gran jugada y todos aguardaban el desenlace de la partida.

—Alfred, deberíamos marcharnos ya... —anunció Agatha.

Pero toda la familia chistó nerviosa pidiéndole silencio. Alfred estaba a punto de mostrar sus cartas y las caras de los Marx miraban expectantes, confiando en que el nuevo desplumara a Frenchie.

El señor Marx mostró sus cartas, inspirando profundamente. Todos los ojos de la habitación se posaron después sobre Alfred, que, algo intimidado, adelantó sus naipes hacia el centro del tapete. Después, levantó sus cartas y las descubrió ante los presentes. Todos exclamaron con decepción. Alfred acababa de perder su apuesta ante el señor Marx, que, muy orgulloso, celebró su triunfo recogiendo la baraja.

—Unas veces se gana y otras se pierde, amigo —comentó Frenchie sacudiendo la espalda del muchacho—. Aunque has sido valiente, ¡y un buen contrincante!

Alfred sonrió ante los halagos del señor Marx, que fue directo hacia el perchero y tomó las ropas de los niños en un gesto de cortesía. Pero cuando alargó las prendas a los niños y se fijó en el último abrigo que había colgado en la percha, levantó sus pobladas cejas negras con extrañeza.

—Harpo, éste no es tu abrigo —el hombre asió la prenda y la examinó intrigado.

El chico miró a su padre sorprendido ante aquel comentario.

—No puede ser. Lo cogí de mi percha al acabar el espectáculo.

—Pues te aseguro que este abrigo no es el que yo te hice —continuó Frenchie—. Fíjate en las hechuras. ¡Yo no he cosido un abrigo tan bien hecho en mi vida!

Los Marx estallaron en carcajadas ante aquel comentario, y tras sumarse a las risas de sus hermanos, Harpo miró con extrañeza a sus nuevos amigos. Pues la prenda que su padre sostenía en la mano era un abrigo negro exactamente igual al suyo, y eso sólo podía significar una cosa: alguien debía de haberlo cambiado.

Capítulo 11

El delfín de la compañía

Nueva York era una ciudad impredecible. Alfred siempre la había idealizado como un sitio único, una especie de paraíso mágico. Pero los recientes acontecimientos le habían dado mucho que pensar.

Para empezar, el asunto del piano envenenado le había dejado fuera de combate. Tras las pesquisas iniciales persiguiendo a Thomas, y la comprobación de que aquel veneno era la causa del mal de Norman y Emma, las investigaciones se habían encallado. Estaba claro que esa pantomima estaba orquestada por un culpable. Pero era difícil asegurar su identidad. Y lo peor era el miedo a que el asesino volviera a intentarlo. A Alfred le daban escalofríos sólo de pensarlo; y se dijo que debían actuar con cautela, sobre todo al encontrarse a tantas millas de casa y en una ciudad demasiado alejada como para pedir ayuda.

Por otro lado, los neoyorquinos procuraban mirar sólo por sus propios intereses. Ya no creía que todos fueran personas felices siempre. Al llegar la Navidad, la calle de High Road, donde él vivía, se adornaba con guirnaldas y las carcajadas de la gente anunciaban el comienzo de las fiestas. Se podía percibir una sensación de hermanamiento muy agradable, como si el barrio se convirtiera de pronto en una enorme familia. En cambio, en Nueva York las cosas no parecían transcurrir del mismo modo. La Navidad sólo se percibía por la decoración de las tiendas de algunas avenidas. Sin embargo, cuando uno ascendía unas cuantas calles más allá de Broadway y paseaba por los barrios más humildes de la ciudad, descubría que la alegría navideña no se disfrutaba de igual manera que en el Barrio Este de Londres.

—¿Cómo es posible que en tu casa no tengáis regalos? —había preguntado Alfred a Harpo la mañana que ambos siguieron los pasos de Thomas—. En todas las casas del mundo Santa Claus viene la mañana de Navidad.

—Pues te aseguro que no en la de los Marx —había contestado el chico sin una pizca de amargura—. Puede que Santa Claus lleve regalos a los niños ricos del centro, pero no se acuerda de los de mi barrio. Ni Santa Claus, ni nadie.

Para Alfred aquello era una injusticia. Había podido comprobar las diferencias entre unos y otros tan sólo con echar un vistazo por la calle. Y no le pareció justo que Harpo no disfrutara de un regalo la mañana de Navidad. Tenía el mismo derecho que cualquier niño.

De todas formas, aquella mañana Harpo estaba tan contento como si el mismo Santa Claus se hubiera presentado ante su puerta: estaba de estreno, y llegó a la puerta del teatro luciendo un viejo guardapolvos de color gris. A pesar de la mala hechura de la gabardina, que seguramente había sido confeccionada por Frenchie, el muchacho se mostraba encantado.

—Tengo tantos huecos que podría meter cualquier cosa —aclaró satisfecho—. Es formidable, los bolsillos no tienen ni un agujero. Mi padre me la ha regalado. Dice que tengo que devolverle a Sebastian su abrigo.

Al parecer, el abrigo que Harpo se había llevado era en realidad propiedad del señor Sebastian. De hecho así lo ponía en la etiqueta del forro. El chico mostró a Agatha, Alfred y Morritos el nombre del ventrílocuo en el interior de la prenda y los tres entraron en el teatro para devolvérselo a su dueño.

A decir verdad, era bastante extraño que algo así hubiera sucedido, ya que Harpo había asegurado que aquel abrigo estaba colgado en su propia percha la noche anterior. Cualquier movimiento extraño podía convertirse en una pista, así que Agatha, Alfred y Morritos habían prometido acercarse al teatro para aclarar el asunto del abrigo. Aunque también aprovecharían para interrogar a los actores.

No obstante, cuando todos se adentraron en el teatro y llegaron a la zona del camerino, tan sólo encontraron a la Falconetti. La diva se hallaba sentada frente al espejo y regaba los ramos de flores que los admiradores le hacían llegar tras la función. La Falconetti acariciaba sus plantas exóticas atusándolas con gracia, mientras comprobaba su maquillaje en el cristal del espejo. Pero cuando detectó la figura de Harpo en el reflejo, se dio la vuelta rápidamente hacia él.

—Así que al fin te has dignado a aparecer —dijo terminando de revisar los bucles de su peinado—. Me parece muy feo que le robaras el abrigo a

Sebastian. Lleva toda la mañana lamentándose de su mala suerte.

Harpo se encogió de hombros, alarmado por la falsa acusación.

—Yo no le he robado nada —dijo exculpándose—. Debí de coger su abrigo por error.

—¿Por error? ¡O por no morirte de frío! Sabíamos que fuiste tú.

Harpo miró a la diva extrañado ante tal afirmación y todo cambió al ver que la dama señalaba hacia el perchero de los actores. Clavadas en la pared rojiza del camerino, las perchas de los actores sostenían las prendas de cada uno de sus miembros. En el extremo de la derecha, los dos únicos ganchos que no tenían abrigo resultaban ser los de Harpo y el señor Sebastian, que permanecían vacíos.

—Harpo, eres un desastre —continuó la Falconetti—. ¿Qué hiciste con tu abrigo? Seguro que lo perdiste y echaste mano del de Sebastian para volver a casa.

—Eso no es cierto —se defendió el chico mirando a sus amigos—. ¡Os juro que yo cogí el abrigo que había colgado en mi percha! Quizá fue él quien lo cambió.

—Siempre con tus cuentos que nadie se traga —continuó la Falconetti arrebatando a Harpo el abrigo y colgándolo en la percha del ventrílocuo—. Explícanos entonces por qué has cambiado de atuendo. Ese trapo horrible no es el mismo que llevabas ayer.

Agatha sintió que la Falconetti estaba acorralando injustamente a Harpo. Aunque no sabía qué argumentar para clamar por la inocencia de su amigo. La diva se giró con un gesto de arrogancia y volvió a mirarse al espejo. Después arrancó una flor de uno de sus ramos, se la colocó en el pelo y cruzó el camerino hacia la puerta que daba al escenario. Antes de desaparecer dirigió un último comentario a Harpo, que permanecía quieto y apesadumbrado.

—Ahora que Sebastian ha recuperado su abrigo puede que se sienta mejor. Lleva toda la mañana muy deprimido. Y todo por culpa de ese muñeco polvoriento —comentó con desprecio.

—¿Qué quieres decir? —preguntó Harpo.

—No puedo creer que aún no te hayas enterado, Harpo. Realmente vives en la luna.

La actitud de la Falconetti a veces lo sacaba de sus casillas. No era justo que lo tratara con aquel desdén.

—Hablo del señor MacGuffin. Ese horrible muñeco —dijo la diva—. Ayer por la noche alguien entró en el camerino y se encargó de él. Lo han roto por completo.

* * *

Agatha, Alfred y Morritos siguieron a Harpo hasta el escenario. El muchacho buscaba al señor Sebastian. Necesitaba deshacer cualquier malentendido respecto al abrigo, además de consolarle. Pero por mucho que buscaba por todos los recovecos, no había ni rastro del ventrílocuo ni de su malogrado muñeco. Al parecer, el señor Sebastian estaba tan afectado que había decidido ocultarse y pasar un rato en soledad.

La desaparición del abrigo de Harpo, que al principio parecía tratarse de un minúsculo error, les hizo darse cuenta de que otros muchos incidentes misteriosos estaban sucediéndose en aquel teatro sin que nadie se diera cuenta. El abrigo no era la única cosa extraviada; también estaba la ballesta del señor Sebastian, justo el día que Norman cayó enfermo.

Y por si fuera poco, ahora el anciano volvía a llevarse otro disgusto viendo cómo su compañero de escenario, el entrañable señor MacGuffin, aparecía hecho trizas.

Agatha estaba convencida de que esos hechos tenían una relación entre ellos, pero no conseguía entrelazar una teoría. Alfred, por su parte, estaba muy impresionado, e intentaba ayudar a Harpo a encontrar al señor Sebastian escudriñando todos los rincones del teatro.

Al fin Morritos levantó su hocico y dio un par de ladridos hacia el patio de butacas. La perrita echó a correr por el pasillo, alertando a sus compañeros de que había encontrado al señor Sebastian. El hombre permanecía sentado en la última fila del teatro, muy triste.

Los chicos fueron corriendo a consolar al ventrílocuo, que sostenía los pedazos del señor MacGuffin, desconchados tras la acción de la noche.

—No entiendo quién puede haberlo hecho —se lamentó Sebastian apesadumbrado—. Es un pobre muñeco hecho de cartón. No puede hacerle nada a nadie.

Morritos dio un gemidito y olisqueó los restos de la marioneta. Agatha, mientras tanto, comprendió el cariño que Sebastian sentía por su compañero. El señor MacGuffin no sólo era su pareja en la escena, sino que el actor había depositado en aquel pedazo de cartón y tela un poco de sí mismo. Entendía que su pérdida fuera una tragedia.

—Tal vez pueda repararse —comentó Alfred, que examinaba el destrozo del muñeco junto a Harpo—. Los cortes del cartón son limpios y puede que pegándolos con cuidado podamos restaurarlo.

—Posiblemente lleves razón —agradeció el señor Sebastian—, pero lo que realmente me preocupa es el motivo. En este teatro están sucediendo demasiadas desgracias y me cuesta adivinar qué papel juega algo tan inofensivo como un muñeco.

—Estoy de acuerdo —afirmó Agatha—. No sólo es la desaparición del abrigo de Harpo. También está el tema de su ballesta, y seguro que hay algunos detalles más que se nos escapan. Tengo la sensación de estar dando palos de ciego y de que el culpable no hace más que reírse de nosotros.

—No lo creas, querida —susurró el señor Sebastian sin que nadie más pudiera oírle—. Mi opinión es que tal vez os estáis acercando.

—¿Por qué lo cree? —preguntó la niña con los ojos muy fijos en el ventrílocuo.

—Pues porque esta serie de incidentes indican que el asesino sabe que habéis metido las narices en esto. Está haciendo demasiados movimientos, y parecen ser a la desesperada. Aunque no me atrevería jamás a acusar a nadie. Al menos de momento...

—Así que tiene sus sospechas... —susurró Agatha.

El hombre miró las pupilas grises de la niña durante unos segundos interminables para los dos, hasta que el ventrílocuo se volvió a un lado elevando la voz hacia Alfred, Morritos y Harpo:

—Creo que deberíamos ir a tomar el aire un rato —anunció incorporándose—. El ambiente está bastante caldeado. Así que, si quiere acompañarme, señorita, dejaremos a estos caballeros que intenten echarle una mano al señor MacGuffin.

Agatha se levantó y acompañó al señor Sebastian hacia el vestíbulo del teatro, donde seguro que podían hablar con tranquilidad.

* * *

—Muy bien —afirmó la niña una vez que se quedaron solos—. Usted sabe algo más que a nosotros se nos escapa. Dígame la verdad.

El señor Sebastian parecía muy tranquilo en aquellos momentos. Se apoyaba sobre el cordel que servía para formar las filas de espectadores y se quedó mirando los carteles del vestíbulo, que decoraban las paredes con sus figuras imponentes.

—Es hermosa, ¿verdad? —dijo señalando uno de los marcos de la pared.

La imagen mostraba la esbelta figura de una mujer. Agatha en un principio no identificó a qué se refería, pero cuando fijó la vista en el cartel, y su cabeza reconoció el rostro de la dama, notó cómo el corazón empezaba a acelerarse. Aquella actriz que lucía tan bien representada con sus joyas de oro y piedras preciosas no era otra que la gran dama de la escena, la inigualable Sarah Bernhardt.

La niña dio un paso atrás, impresionada por aquella presencia, pero no se atrevió a decir una palabra. Aquel encuentro con la actriz desaparecida le parecía demasiado casual. Y seguro que Sebastian iba a explicárselo.

—Es una tragedia todo lo que ha sucedido

—se explicó el ventrílocuo—. El mundo no puede permitirse perder a una gran dama de la escena como ésta. Pues no ha habido otra actriz sobre las tablas como Sarah Bernhardt.

El hombre observó con detenimiento el cuadro de la estrella, en donde Sarah Bernhardt posaba con su inigualable belleza. El cartel era antiguo, ya que la actriz aún se mostraba joven. Y Agatha se fijó en la elegancia de la dama, y en lo orgullosa que debía de sentirse de su procedencia, ya que en su corpiño la actriz lucía una joya de oro en forma de flor de Lis, símbolo de Francia.

—La técnica de la señora Bernhardt era impecable —explicó el señor Sebastian con admiración—. Era tan natural que no te dabas cuenta de que estaba actuando. Sin duda no había nadie como ella.

El hombre dio un suspiro antes de girarse hacia la niña. Y Agatha supo que estaba a un paso de acercarse a la verdad.

—La tragedia siempre se ha cebado con la vida de Sarah Bernhardt. Supongo que es el resultado de una vida tan intensa.

—¿A qué se refiere? —preguntó Agatha muy intrigada.

—Sarah Bernhardt estaba a punto de culminar su gran obra: un maravilloso teatro que animaría las noches de Londres. Por desgracia, se incendió sin llegar a la primera noche de su estreno.

Agatha intuía que Sebastian estaba poniéndola a prueba, y sentía su cabeza en plena ebullición. Pero tan sólo hicieron falta unos segundos para que la niña comenzara a atar los cabos:

—El teatro que se quemó en Londres, donde Emma, Norman y el resto de los actores trabajaban, ¿era el de Sarah Bernhardt?

—Así es —contestó Sebastian, orgulloso de la pericia de la niña—. Ella era la dueña del teatro y de la compañía.

Los labios de Agatha se despegaron de la sorpresa, impresionados por la confesión que el señor Sebastian acababa de realizar. Jamás habría esperado que el caso de Sarah Bernhardt estuviera relacionado con aquel galimatías, pero esperó a escuchar lo que Sebastian aún tenía que contar.

—Sarah Bernhardt había puesto mucha ilusión en su nuevo teatro. Pues pretendía retirarse de la escena y donarle todo a su delfín.

—¿Su delfín?

—Su heredero —aclaró Sebastian—. El actor más antiguo de su compañía, el cómico que más sabiduría acopiaba sobre el escenario, era considerado como el delfín o sucesor. En este caso, era Richard.

Agatha no podía creerlo. Era la clave que faltaba para que todas las notas de aquella enrevesada partitura comenzaran a sonar de una manera correcta.

—Richard iba a encargarse del nuevo teatro y de la compañía. Sería el heredero de Sarah Bernhardt tras su jubilación, el jefe de los demás actores, pero... todo se trastocó al llegar a Nueva York. Sarah Bernhardt los había animado a que buscaran trabajo en América mientras ella reconstruía el teatro. Se encargaría de las obras y retrasaría su jubilación. Pero sin un teatro disponible no podía permitirse pagar el sueldo de toda la compañía. Así que acordó con ellos que buscaran trabajo por unos meses aquí mientras las obras finalizaban. Después, todos volverían y Richard sería nombrado como el nuevo director.

—Pero... Richard ahora está muerto —susurró Agatha—. ¿Quién se haría cargo entonces de la sucesión?

—El siguiente en antigüedad sería nombrado el nuevo delfín, según las normas de la compañía. Y teniendo en cuenta los recientes acontecimientos, ¿se atrevería a adivinar quién es, señorita Agatha?

La respuesta acudió de inmediato a sus labios y gritó la respuesta sin detenerse a pensar:

—¡Emma!

—En efecto —continuó Sebastian—. Casualmente, la siguiente heredera también ha caído enferma por culpa de esa partitura. Y si esto no se para, mucho me temo que aún habrá otros por caer.

Los ojos grises de Agatha estaban tan impresionados que no podían pestañear.

—Ignoro quién es el siguiente de la lista —continuó Sebastian—. No obstante, supongo que usted sabrá adivinar eso por su cuenta. Mi sentido común me dice que es Norman. No sería descabellado, teniendo en cuenta la selecta familia de actores de la que procede, pero no puedo asegurarlo a ciencia cierta. Sólo sabía lo de Emma porque fue ella quien me lo confesó.

Para Agatha aquella información tenía un valor incalculable. Por fin se iluminaba la senda por la que proseguir. Y se dijo a sí misma que no había tiempo que perder. Si sus cavilaciones eran acertadas, algo muy grave podría estar a punto de ocurrir en aquel teatro. Y tal vez ellos fueran los únicos que estuvieran en situación de evitarlo.

Capítulo 12
La belladona

—¿Quieres decir que todo este lío tiene relación con esa Sarah Bernhardt? —exclamó Alfred con la lengua fuera—. ¿Cómo es posible?

Caminaban con paso rápido hacia el hospital, alarmados por los recientes descubrimientos. Nada más escuchar la declaración de Sebastian, Agatha había acudido de inmediato al patio de butacas para comunicar a sus amigos el siguiente paso que debían dar. Los chicos y Morritos, conscientes de la delicada situación que tenían entre manos, no dudaron en darse prisa, antes de que comenzara la actuación de la noche. Estaba claro que el asesino preparaba algo, y lo más probable era que no esperara mucho más para actuar.

Lo más importante, por el momento, era tener en cuenta a todos los sospechosos del teatro, y Agatha recordó que había algo que les ayudaría a esclarecer la verdad. Un documento que podían tomar prestado y que se encontraba ni más ni menos que en la billetera de Hércules: la fotografía que Emma envió a su hermano cuando llegó a Nueva York.

—Tenemos que hacernos con el retrato sin que Hércules se dé cuenta —susurró la niña una vez que llegaron a la sala de enfermos—. No me gustaría que se inquietara sin motivo. Emma está recuperándose, pero aún no sabemos si está fuera de peligro.

Harpo asintió ante la indicación de Agatha. Alfred aguardaba junto a Morritos en la puerta del hospital, y habían sido ellos dos quienes habían entrado en el sanatorio. El plan consistía en vigilar o entretener a Hércules mientras echaban mano a su cartera, y la niña sabía que nadie mejor que Harpo para llevar a cabo aquel encargo.

Los niños avanzaron sigilosos por el pasillo de los enfermos deseando que Hércules no los detectara. Por fortuna, el mayordomo se encontraba de pie junto a una de las ventanas de la sala, y no fue consciente de que los niños se aproximaban a la cama de Emma. Al ver que Hércules abría la ventana para tomar un poco el aire, Harpo se aproximó sigiloso a la silla donde reposaba su chaqueta. Agatha, mientras tanto, aguardaba ocultándose tras el biombo de Norman. Por el aspecto del rostro del pianista, no parecía encontrarse mejor, aunque Emma sí mostraba mejor color de cara.

Harpo alargó su mano hacia el bolsillo de la chaqueta y extrajo, con mucho cuidado, la billetera. La abrió con apenas un gesto y hurgó con limpieza, sacando la fotografía de dentro y mostrándosela a Agatha.

La niña asintió confirmándole que aquello era lo que buscaban y Harpo se dispuso a devolver la billetera a su sitio. Justo en aquel instante, alguien gimió débilmente. Harpo giró la cabeza, alarmado, pues la responsable de aquel ruido no era otra que Emma. Al parecer la muchacha estaba despertando.

La emoción comenzó a inundar el corazón de Agatha, que tampoco había sido ajena a aquello. No obstante, la situación de Harpo era bastante comprometida. Éste aún conservaba la billetera en una de sus manos y no pasaría mucho tiempo hasta que Hércules se diera cuenta de que su hermana estaba reaccionando.

Emma comenzó a gimotear cada vez más alto, y la cabeza de Hércules se paró en seco, prestando atención. Agatha vio que estaban a punto de ser descubiertos, así que salió de detrás del biombo y se plantó delante de Harpo, mientras se dirigía hacia la cama fingiendo sorpresa:

—¡Emma! ¡Está despertando!

Al oír aquello, el mayordomo se giró en redondo y regresó corriendo desde la ventana, emocionado con aquella noticia. Pasó por alto la presencia de Harpo y Agatha, ya que el hecho de que Emma despertara era mucho más impactante.

Hércules se abalanzó sobre la cama de Emma y cubrió de besos su cara. La muchacha miraba aturdida a su alrededor. Sus pestañas se agitaban como las alas de una mariposa, intentando acostumbrarse poco a poco a la luz. Agatha miró a Harpo, emocionada, y el muchacho sonrió encantado de ver a su compañera volviendo en sí.

Un gran revuelo se formó inmediatamente alrededor de Emma, ya que una de las enfermeras, alertada por los gritos de Agatha, acababa de avisar al resto del equipo. Al instante los médicos realizaron todo tipo de comprobaciones.

Agatha tomó disimuladamente la cartera de la mano de Harpo y la posó en la palma de Hércules.

—Se te ha caído —dijo sonriendo—. Harpo acaba de encontrarla en el suelo.

El mayordomo agradeció el detalle asintiendo, y regresó corriendo a atender a su hermana.

Harpo admiró la maestría de su nueva amiga y le guiñó un ojo, aliviado por no haber sido descubierto. Se aproximó a la cama y acarició con la mano la sábana de Emma. Era maravilloso comprobar que su amiga se recuperaba.

* * *

—La culpa es de la belladona —aclaró Agatha cuando ella y Harpo salieron del hospital y se reencontraron con Alfred y Morritos—. Es un extraño veneno que se escondía en esos polvos azulados.

Alfred había recibido con alegría la noticia de que Emma hubiera despertado. Caminaba con sus amigos en dirección al parque de Union Square y escuchaba muy atento los detalles que el doctor Wilkins les había dado a Agatha y Harpo.

La niña continuaba explicándose:

—Al parecer, la belladona es una planta de hermosas flores cuya esencia es paralizante. Comienza dejándote sin voz. Y después hace que sus víctimas se desmayen, causándoles la muerte al cabo de unos días.

Habían atravesado ya la verja del parque y habían buscado un banco para analizar todo lo que habían averiguado hasta el momento. Alfred intervino comprendiendo el alcance del descubrimiento.

—Por eso todos los actores se agarraban el cuello. Hacían eso al quedarse sin voz de repente. Sabíamos que la mancha azul era a causa del veneno, pero no por qué las víctimas tenían esa reacción.

—Ahora lo sabemos —confirmó Agatha—. Y cada vez tengo más claro que el asesino conocía muy bien a los miembros de la compañía. Sobre todo porque mis sospechas se centran en alguien a quien apenas habíamos prestado atención.

La niña sacó la fotografía de Hércules y se la mostró a Harpo, Alfred y Morritos.

—Aquí tenemos a todos los actores que viajaron desde Londres. Vemos a Richard, el delfín, acompañado de Emma, Norman y Flora Falconetti a su alrededor.

Harpo observó la mirada de Emma en la fotografía. Mantenía su pose de dama griega sin saber aún lo que estaba a punto de sucederle. Aquel retrato era una ventana abierta a otro tiempo más feliz. Y se emocionó al ver a todos sus compañeros antes de haber sufrido ningún daño.

—¿Has pensado en el resto de los miembros del teatro? —indicó Alfred—. No deberíamos descartar a nadie...

—Por supuesto, Alfred —afirmó la niña—. También están Sebastian y el director Strudel, aunque Sebastian ha sido el blanco del asesino en cierto sentido. Sospecho que el robo de la ballesta y el destrozo del muñeco han tenido relación con esto. Por no hablar del asunto del abrigo.

Alfred estaba de acuerdo, pero entonces todo apuntaba al director Strudel o el gerente Thomas como sospechosos, aunque ninguno parecía encajar en el perfil de aquel avispado asesino.

—Es raro que el director Strudel quisiera matar a los miembros de su propio elenco —comentó el niño argumentando esa idea—. El que los actores enfermen o desaparezcan tan sólo perjudica su espectáculo. Por otro lado, Thomas tiene poca relación con las artes escénicas y ni idea de leer partituras.

Agatha sonrió orgullosa de las cavilaciones de Alfred.

—Cierto. Nuestro sospechoso debe saber mucho de música —afirmó la niña—. Y se está deshaciendo de los herederos del teatro utilizando un veneno oculto en una planta. Así que, amigos, si echamos un vistazo a esta fotografía, y tachamos las caras de los que están en el hospital o en el cementerio, decidme quién podría encajar con nuestras sospechas.

Alfred señaló rápidamente el retrato para apoyar lo que estaba a punto de decir:

—¡La Falconetti! —exclamó muy agitado—. ¡¡¡Es ella!!! ¡Quiere deshacerse de todos para heredar el nuevo teatro!

Agatha estiró la barbilla y se alegró de que su amigo hubiera cazado el guante.

—Ésa es justo mi idea —confirmó—. Además, ella es la única que no utiliza el piano sobre el escenario. Siempre interpreta en vez de cantar.

Aquello tenía mucho sentido, pues el comportamiento de la Falconetti había sido bastante sospechoso. Había sido precisamente ella quien había alertado a todos acerca de la maldición, la que les había hecho creer que todo aquello estaba relacionado con el Diablo. Por no hablar de los ramos de flores que la Falconetti cuidaba con excesivo esmero. Quizás el motivo era mucho más oscuro que el amor a las plantas de sus admiradores.

—Todo encaja demasiado bien —asintió Harpo—. Pero esto aún no ha acabado. ¡Tenemos que ir inmediatamente al teatro!

El rostro de Harpo había perdido el color, y sus ojos acababan de abrirse mucho, alarmados por completo.

—La Falconetti va a actuar en la función de esta tarde —anunció el muchacho—. ¡Será ella quien comience con el espectáculo! Espero que no esté entre sus planes deshacerse de nadie más, pero ¿y si no es así?

Todos asintieron, de acuerdo con el razonamiento de Harpo.

—No sólo es eso —continuó Alfred—. En cuanto se entere de que la hemos descubierto, se esfumará y no volveremos a saber de ella. ¡Tenemos que cazarla por sorpresa!

Agatha respiró muy hondo, orgullosa de su equipo. Sin la intervención de Miller & Jones, puede que alguien más cayera sobre el escenario, o que la responsable huyera sin responder ante la ley. Y era tarea de los cuatro el evitarlo.

Capítulo 13

La pieza que faltaba

Alfred, Agatha, Harpo y Morritos no podían ir más aprisa. Los cuatro avanzaban a lo largo de la Segunda Avenida, en dirección al teatro.

Harpo deseaba que aquellos descubrimientos les permitieran evitar una nueva tragedia a tiempo. Desde que Emma había caído enferma, se sentía responsable por no saber cómo ayudar. Y eso, unido a la poca calidad de su voz, le hacía sentirse un poco culpable. Sabía que si el director Strudel no lo había despedido, se debía a la dificultad de encontrar actores nuevos que avivaran el espectáculo. Pues desde que la desgracia se había instalado entre sus paredes, el teatro de variedades cada vez atraía a menos espectadores que pagaran por ver la función.

Mientras, el cielo se volvía cada vez más encapotado. Alfred creyó que tanta carrera atravesando Manhattan acabaría con él, pero no quería quedarse el último. Seguía a Agatha muy de cerca e intentaba por todos los medios resguardarse con su escaso abrigo. El chico miraba los dos rabos de Morritos, que vibraban al ritmo de la marcha. El vaivén de la perrita le ayudaba a concentrarse en su propia respiración, aunque se despistó al notar que Harpo se adelantaba, poniéndose a su altura.

—Lo mejor sería torcer en esa esquina —sugirió el actorcillo pegándose a su oído.

Alfred protestó sin entender el consejo de Harpo.

—Pero si el teatro está al final de esta calle. ¿Por qué tendríamos que desviarnos?

Harpo se acercó aún más al oído de Alfred y habló sin pestañear.

—Pues porque creo que nos están haciendo una vigilancia grado uno de ésas. Alguien nos sigue desde hace dos manzanas.

Alfred giró la cabeza, alarmado. Harpo llevaba razón: un auto negro los seguía a buena velocidad y cada vez aceleraba más la marcha. Se preguntó cómo había podido ser tan estúpido de no detectar que los vigilaban. Y decidió adelantarse para alertar a Agatha.

En cambio, la niña sí se había dado cuenta. Y corrió lo más deprisa que pudo hacia la marquesina del teatro, que acababa de aparecer al fondo de la avenida. Morritos encabezó la carrera ladrando con fuerza. Intentaba que sus ladridos espantaran a la gente con la que se iban cruzando. Pero el auto casi se había puesto a su altura y parecía que de un momento a otro los fuera a atropellar invadiendo la acera. Quedaba muy poco para alcanzar el teatro, aunque debían hacer un último esfuerzo si querían ponerse a salvo.

—¡Más rápido! —chilló Harpo.

Y tras gritar aquello, los cuatro se impulsaron con toda la energía que quedaba en sus reservas y alcanzaron al fin la puerta del teatro. El auto pasó de largo, acelerando la marcha una vez más y perdiéndose de nuevo al fondo de la avenida.

Estaban a salvo. Dentro del vestíbulo, los niños se agacharon sin aliento, junto al cartel de Sarah Bernhardt. Alfred tosía apoyándose en Morritos, y Harpo se agarraba la barriga intentando calmar su respiración. Sin embargo, Agatha no se dio tiempo a sí misma para descansar.

Frente a ella, las puertas rojas que llevaban

a la sala la alertaban de que aquello tan sólo había comenzado. Y la niña avanzó a través del vestíbulo, decidida a adentrarse en el patio de butacas. La madera de las hojas vibraba débilmente, pues una voz aguda e intensa se colaba a través del marco. Agatha empujó una de las puertas, decidida a penetrar en el teatro. La función había empezado, y debían darse prisa por detenerla, pues la Falconetti acababa de salir al escenario.

* * *

Una luz tenue iluminaba con sobriedad el centro de la escena. El aforo del teatro no estaba tan abarrotado como en sus mejores tiempos, pero en contra de lo que Harpo habría esperado, un buen puñado de espectadores había acudido aquella tarde a ver la función.

El muchacho avanzó por el pasillo; Agatha, Alfred y Morritos le seguían con sigilo. Todos permanecían pendientes de lo que sucedía sobre el escenario, donde la diva Falconetti se deshacía en llantos amargos ante la pérdida de su amado.

Agatha no sabía cómo podrían detenerla. Si conocieran sus intenciones, sería más fácil elaborar un plan, pero tras haber descubierto el veneno del piano dudaba mucho que la Falconetti empleara aquella táctica con otro de los actores. Además, puede que su única intención fuera escapar.

Alfred señaló con sigilo a los dos lados del teatro. Si se colocaban estratégicamente, podrían controlar los movimientos de la Falconetti tanto dentro como fuera del escenario. Decidió que Harpo corriera hacia la puerta que daba a los camerinos, mientras Agatha, Morritos y él aguardaban vigilando los asientos de la sala.

Lo más probable era que la Falconetti terminara su actuación en unos minutos. Ellos tendrían tiempo de alertar al director Strudel para que avisara a la policía. Pero cuando iban a desperdigarse para poner en marcha el plan, una mano grotesca agarró el cuello de Harpo arrastrándolo hacia una esquina.

—¿Dónde diablos te habías metido, Marx?

Era el director Strudel. El hombre estaba muy enfadado y expresaba toda clase de protestas intentando no levantar demasiado la voz.

—¡No puedes desaparecer así como así cuando andamos tan faltos de personal! —dijo susurrando con muchos aspavientos—. Me da igual que tu hermano Groucho me lo suplicara. ¡Después de la actuación de esta noche estás despedido!

Harpo asintió con tristeza, mientras Strudel se lo llevaba de una oreja por el pasillo de los camerinos. Alfred, Agatha y Morritos apenas habían podido intervenir, y se miraron entre ellos, sabiendo que la situación acababa de complicarse. Aparte de que Harpo acabara de perder su empleo de forma injusta, tampoco habían podido alertar al director Strudel de lo que sucedía. Por lo visto, éste ni siquiera se detendría a escuchar. Por no hablar de que en esos momentos contaban con un recurso menos con el que detener a la diva. Y Alfred pensó que debían reestructurar el plan.

Una vez que el director y Harpo hubieron desaparecido por la puerta de los camerinos, Agatha se colocó justo delante del acceso. Si la Falconetti huía por ahí, sería fácil avisar con un grito. Por su parte, Alfred se dirigió junto a Morritos hacia el otro extremo del teatro y aguardó cualquier movimiento extraño por parte de la diva. Sólo quedaba esperar.

En su lamento sobre el suelo, la Falconetti terminaba con el monólogo. Su voz melodiosa tintineaba entre sollozos, de la misma manera que lo había hecho tres tardes atrás. Agatha miró a Alfred desde su puesto haciéndole ver que estaba preparada ante lo que sucediera. Pero cuando la Falconetti exclamaba sus últimas palabras de desaliento, un zumbido extraño cruzó el teatro sin que a nadie le diera tiempo a percibirlo.

Una sombra fina voló por encima de las cabezas de los espectadores y fue a clavarse en el suelo del escenario, apenas unas pulgadas a la derecha del pecho de la Falconetti. La diva miró a su lado, extrañada por lo que acababa de suceder, y cuando descubrió que el objeto inesperado no era otra cosa que una flecha, su rostro se desdibujó por completo y empezó a chillar tapándose la cabeza.

Los espectadores también comenzaron a gritar y se levantaron de sus asientos organizando un gran revuelo. Alfred, horrorizado, volvió la cabeza hacia donde se encontraba Agatha. La niña estaba igual de impresionada por lo que acababa de suceder: alguien pretendía matar a la Falconetti y se había valido de una flecha para intentarlo.

Los niños miraban hacia el patio de butacas buscando desesperadamente al culpable, pero era muy difícil distinguir a un sospechoso entre la maraña de espectadores que chillaban en mitad de la histeria.

De repente, alguien descorrió el telón de fondo y avanzó hacia el escenario. Se trataba de Harpo, que había estado observando desde el agujero del telón y parecía haber identificado la zona desde la que la flecha había sido lanzada.

—¡Allí está! —gritó señalando al frente—. ¡Intenta escapar!

Alfred y Agatha se volvieron hacia donde indicaba Harpo, y acertaron a ver cómo una figura oscura recorría el pasillo lateral del escenario y salía por la puerta de emergencia.

—¡Hay que detenerlo! —chilló el actor, que bajó del escenario de un salto para echar a correr después por el pasillo.

Alfred admiró la rapidez de Harpo. El muchacho había alcanzado la salida de emergencia en un santiamén. Morritos, igual de impresionada por el salto de Harpo, salió corriendo detrás de él, sabiendo que sus cuatro patas veloces tal vez podían ser de ayuda.

Sobre el escenario, la Falconetti continuaba gritando. Aquella flecha a pocos metros de su corpiño había sido suficiente para contagiarle una crisis de pánico. Nadie podía controlarla. Ni el director Strudel, ni el señor Sebastian, que habían acudido de inmediato junto a ella, conseguían calmar sus gritos de desesperación. Y poco pudieron arreglar hasta que la señora Hope apareció una vez más sobre el escenario.

—Esto desbarata nuestras sospechas —susurró Agatha, que había acudido de inmediato junto a Alfred—. No creí que la Falconetti pudiera ser la siguiente víctima.

Alfred se sentía igual de confuso. Al parecer, todos los sospechosos del retrato habían caído bajo las garras del asesino. Y se dijo a sí mismo que habían sido demasiado confiados. Lleno de impotencia, miró hacia el suelo del pasillo. Los espectadores ya casi habían abandonado el patio de butacas, así que no le fue difícil detectar el objeto: un aparato metálico que brillaba reclamando su atención.

Agatha aún se lamentaba de su poco acierto cuando se sorprendió de que Alfred saliera corriendo. Su amigo acababa de encontrar algo en el suelo del pasillo y regresaba con ello, sosteniéndolo con cuidado entre los dedos.

—¿Qué es? —exclamó Agatha en cuanto Alfred le enseñó su descubrimiento.

—La ballesta del señor Sebastian —aclaró el niño—. Fíjate. El asesino ha intentado valerse de ella para asesinar a la Falconetti.

Aquello era espeluznante. Agatha examinó la pequeña arma. Se trataba de una pequeña ballesta de metal, tal y como la que el ventrílocuo había descrito. Y en su huida, el asesino debía de haberla perdido. Era aterrador que la flecha que casi había alcanzado a la Falconetti hubiera salido de aquel objeto, un recuerdo al que el señor Sebastian tenía tanto cariño.

La niña volvió a examinar el escenario. Sobre las tablas de madera, la Falconetti había perdido el sentido, y la señora Hope había vuelto a echar mano de su broche, con el que intentaba despertarla del desmayo.

Agatha frunció el ceño al ver aquello. Había algo en ese gesto que le resultaba familiar. Pero cuando iba a dirigirse a Alfred, dispuesta a contárselo, se dio cuenta de que su amigo observaba detenidamente a los actores que había junto al telón. Parecía que Alfred había descubierto algo más.

—Observa el escenario —ordenó el chico.

Agatha obedeció y miró hacia la escena, esperando comprender.

—Cuenta los actores que hay junto a la Falconetti y dime cuál es la pieza que falta —la voz de Alfred sonaba muy misteriosa—. ¿No echas de menos a alguien?

Asombrada, la niña recontó las figuras que atendían el desmayo de la Falconetti. Repasó en su memoria las caras del elenco mientras la diva volvía en sí. Y de pronto, descubrió el rostro que faltaba. El sospechoso perfecto, el que había conseguido ser descartado... hasta ese momento. Porque era extraño, teniendo en cuenta la categoría de su cargo, que no hubiera acudido a los pies de la Falconetti, sabiendo que un gerente jamás debía faltar en su puesto.

* * *

Harpo y Morritos corrían por la avenida tras unos cuantos minutos de persecución. Aquel tipo era tan escurridizo que se las había apañado para sacarles bastante ventaja. El sospechoso había girado en una esquina en un intento por despistarlos y avanzaba por una callejuela deseando deshacerse del actor y la perrita, que ya empezaban a cansarse.

Tras un buen trozo de acera, la sombra desapareció por una grieta entre dos edificios. Harpo se dijo que debían tener cuidado. Aquel pasadizo era desconocido para ambos, y antes de adentrarse en él, debían extremar la precaución. El chico echó un vistazo a través de los dos muros y distinguió claridad al fondo, así que avanzó por la grieta, seguido de Morritos. Tras recorrer la poca distancia del hueco, los dos desembocaron en un callejón. Pero cuando el muchacho y la perrita miraron a su alrededor no vieron ni rastro del desconocido. El callejón parecía no tener salida, y sin embargo el sospechoso se las había ingeniado para escapar sin ser visto.

—¡Diablos! —exclamó Harpo muy contrariado—. No puedo creer que este tipo sea tan escurridizo.

Morritos ladró igual de fastidiada. Aquella carrera no se iba a ver recompensada. El rufián se había esfumado. Aunque de pronto, comenzó a notar una respiración cercana. Algo se movió cerca de ellos. Al parecer no estaban solos.

La perrita se dijo que aún era pronto para darse por vencidos. Pues aunque alrededor no parecía haber nadie, la cosa cambiaba si miraban hacia arriba: sobre sus cabezas, una sombra gris permanecía agazapada en el edificio de la derecha, y se las arreglaba para ocultarse en la escalera de emergencia.

—¡Eh, tú! —chilló Harpo al verlo—. ¡No escaparás!

El sospechoso se irguió alerta, decidido a escapar de las amenazas del actorcillo. Tomó la escalerilla de metal y la plegó hasta el primer piso, impidiendo así que nadie pudiera seguirle. Después, se incorporó y comenzó a subir por los escalones metálicos en dirección a la azotea.

Al ver aquello, Morritos supo que sólo tendrían una oportunidad. El recuerdo del salto de Harpo le acababa de dar una idea y pensó que al menos debía intentarlo. Así que se subió sobre uno de los cubos de basura que había amontonados en un rincón y, tras un par de segundos que dedicó a darse impulso, la perrita saltó como una gacela. Cayó sana y salva sobre el muro de una de las ventanas del edificio.

—¡Bravo! —exclamó Harpo al ver la elasticidad de la perra—. ¡Morritos! ¡Sigue así!

El sospechoso avanzaba por el segundo tramo de escalera y Morritos debía darse prisa por alcanzarlo. Apretó sus cuartos traseros y se lanzó hacia la escalera de metal, enganchándose con sus patas delanteras en el último de los peldaños.

La sombra avanzaba ya por el tercer tramo, y Morritos se apresuró en subir lo más deprisa que sus cuatro patas le permitían. Recorrió los peldaños que ascendían hacia el tejado a toda velocidad, y cuando parecía que el sospechoso iba a desaparecer tras la azotea, alcanzó con sus colmillos la ropa del rufián.

Harpo exclamó al ver lo que acababa de ocurrir. Sobre el tejadillo, el sospechoso forcejeaba con Morritos, pero ni la oscuridad ni la rapidez de las siluetas le permitían distinguir lo que pasaba. De repente, las sombras de Morritos y del desconocido desaparecieron sobre la azotea, aunque aún se escuchaba el eco de la pelea. Harpo se dio cuenta de que era difícil que su amiga consiguiera detener al asesino, pero cuando vio que un bulto oscuro salía disparado desde el tejado, dio un grito de espanto. Al parecer, el sospechoso acababa de lanzar a la perra al vacío. Harpo comenzó a correr hacia la zona de la escalera casi sin pensar. Se oyó un ladrido quejicoso, y cuando el chico creía que no habría remedio y que Morritos se estrellaría contra el suelo, el bulto cayó por fortuna sobre los últimos peldaños.

El chico se colocó debajo de la escalerilla, deseando que Morritos se encontrara bien, y dio un suspiro de alivio cuando la vio aparecer entre un revoltijo de tela. La perrita se incorporó sobre sus cuatro patas y, tras sacudirse, comenzó a arrastrar el tejido con la boca, bajando los peldaños. Al parecer el sospechoso había conseguido escapar, aunque el esfuerzo de Morritos no había sido en balde.

La perrita saltó desde el último tramo de escalera hacia los brazos de Harpo, y el chico se alegró de que no le hubiera sucedido nada. Por desgracia, ninguno de los dos había conseguido detenerlo, aunque Morritos conservaba una recompensa por su gran hazaña. No había podido reconocer al culpable, ni impedir que escapara tras la persecución, pero al menos había conseguido una prueba definitiva gracias a sus dientes.

Capítulo 14
Toda una sorpresa

Alfred y Agatha aguardaban en la puerta del teatro de variedades muy preocupados por Morritos y Harpo. Hacía bastante que los dos habían salido corriendo detrás del asesino y tanta espera les resultaba difícil de sobrellevar.

El ambiente del teatro era muy triste. Tras el horrible espectáculo, el director Strudel se había llevado las manos a la cabeza y había decidido que ya era hora de suspender la función. No podía permitirse una mala fama como aquélla. De poco sirvió que Agatha le explicara sus recientes descubrimientos.

Las sospechas sobre Thomas no habían sentado nada bien al director, a pesar de que Agatha le demostró que el gerente no había acudido esa tarde a la función. La niña estaba convencida de que si Alfred y ella demostraban sus suposiciones no habría motivo para cerrar el teatro. Pero el director Strudel había dudado de Agatha y le había sentado muy mal su acusación. Ni siquiera quiso ceder tras pedirle únicamente un poco más de tiempo para resolver el caso. Por culpa de aquello, los cómicos se quedarían sin trabajo, y eso era algo muy duro precisamente en unos días tan cercanos a la Navidad.

No había habido manera de convencerlo. El director Strudel no estaba dispuesto a que su teatro fuera pasto de la superstición, y tras pagar su salario a cada uno de los actores, había echado el cierre.

Agatha no sabía cómo explicarle la mala noticia a Harpo, y cuando vio que el muchacho aparecía por una esquina acompañado de Morritos, se le encogió el corazón. La amenaza de despido de hacía un rato se había debido al enfado de Strudel y seguro que no iba en serio, pero en cambio, con el teatro cerrado, no habría modo de que Harpo volviera a subirse a un escenario.

Alfred se adelantó un poco, aliviado de ver a sus amigos sanos y salvos, y más cuando vio que una sonrisa se dibujaba en la cara de Harpo.

—Hemos averiguado algunas cosas —anunció Harpo en cuanto se plantó frente a la puerta del teatro—. Lo primero es aseguraros que Morritos es toda una campeona, pues sin ella no dispondríamos de esta prueba.

El muchacho tomó una prenda que llevaba en el brazo y la mostró a sus amigos con orgullo.

Al verlo, la cara de Agatha se iluminó con esperanza.

—¿Y esto? ¿Es un abrigo?

—Efectivamente —contestó Harpo—. Por desgracia no hemos podido ver la cara de ese tipo, pero al menos hemos conseguido lo que llevaba puesto. Morritos lo mordió con tanta fuerza que el asesino no tuvo más remedio que quitárselo para escapar.

Alfred examinó el abrigo por el anverso y el reverso sin atreverse a mencionar una conclusión. Agatha, en cambio, miró a Harpo, sospechando lo que el actorcillo estaba a punto de decirles:

—Sólo hay un abrigo en el mundo como éste —el muchacho se cruzó de brazos orgulloso de su buena suerte—. Está tan mal cosido y tiene un género de tan poca calidad que resultaría difícil no reconocerlo. ¡Es el mío!

* * *

Aquello sí que había resultado toda una sorpresa. Jamás habrían creído que tantos cabos sueltos empezaran a anudarse de una manera tan asombrosa.

Al parecer, la desaparición del abrigo de Harpo no era un hecho aislado entre tantas preguntas sin respuesta, y Alfred se dijo que el gerente Thomas había sido alguien muy avispado moviéndose de esa manera sin que se dieran cuenta.

—Pero ¿por qué el abrigo de Harpo? —se preguntó Agatha asiendo la prenda y mirándola a la luz de la farola—. ¿Para qué lo necesitaría?

—Puede que quisiera despistarnos —argumentó Alfred—. Lo mismo lo utilizó para que nadie le reconociera.

—Es posible —añadió Harpo—. Lástima que a Morritos y a mí se nos escapara. A saber dónde podremos buscarlo ya...

No había terminado de mencionar esas palabras cuando una luz amarilla destelló como un faro desde el fondo de la calle. Los niños se volvieron hacia el fogonazo, y escucharon con atención. El motor de un vehículo ronroneaba cada vez con más intensidad indicándoles que se aproximaba por la Segunda Avenida.

Alfred temió que aquello resultara peligroso. El auto negro que los seguía desde hacía varios días acababa de aparecer de nuevo al fondo de la calle, y esta vez no había lugar en el que cobijarse.

También Agatha miraba hacia los faros muy asustada, pero antes de que Harpo o Alfred pudieran sugerir nada, se echó el abrigo al hombro y se lanzó a correr por la acera de la avenida seguida de Morritos.

Dadas las circunstancias, aquélla era la mejor idea, y Alfred y Harpo no dudaron en imitarlas. A sus espaldas, el auto avanzaba cada vez más rápido. Parecía que no habría modo de zafarse. La distancia que los separaba del coche se reducía. En pocos segundos estarían acorralados sin escapatoria. Aquello no parecía tener solución, hasta que Harpo vio aparecer la línea del tranvía por la esquina de la calle 3. El carricoche en esos momentos iniciaba la ruta tras haberse detenido en la parada, y Harpo silbó con energía, indicando a sus amigos que corrieran tras él.

El auto negro acababa de sobrepasar el edificio del teatro y avanzaba a buen ritmo. Los chicos recorrieron los pocos metros que faltaban hasta la parte de atrás del tranvía. Agatha y Morritos, las primeras; Harpo iba algo más rezagado, cuidando de no perder a Alfred. El pobre no podría seguir aquel ritmo por mucho más tiempo, y cuando vio que sus amigas alcanzaban la parte trasera del tranvía y se asían a la barandilla de madera, se dijo que no podría conseguirlo.

Desde el carricoche ya, Agatha y Morritos animaban a Alfred a correr más rápido. Éste se aferraba con pánico a la gabardina de Harpo y los dos continuaban corriendo muy pegados al escalón del tranvía.

Un bocinazo hizo que Alfred y Harpo se sobresaltaran de terror. El auto negro estaba a punto de atropellarlos, aunque había tenido la cortesía de avisarles antes de hacerlo. Y cuando parecía que ambos iban a perecer debajo de las ruedas del vehículo, Harpo saltó sobre el escalón del tranvía asiendo del brazo a Alfred.

El auto aceleró calle adelante dándose por vencido. ¡Lo habían logrado! A pesar de que a ninguno le quedaba aire en los pulmones, podía decirse que estaban a salvo.

Mientras intentaba recuperarse, Harpo ordenó a sus amigos que se agacharan para no ser vistos. Ninguno tenía dinero en los bolsillos, ni siquiera para pagar el precio del billete, y Agatha se reprendió a sí misma por no haberse acordado de pedir dinero a la abuelita Miller.

Alfred sacó de su chaqueta el mapa de Nueva York e intentó orientarse con el número del tranvía. Según sus cálculos, la línea desembocaba en la parte baja de la ciudad, cerca de Battery Park. La misma ruta que habían seguido con el taxi durante la persecución de Thomas.

Iba a explicarle aquella coincidencia a Agatha, cuando fue consciente de la inquietud de su amiga. La niña acababa de detectar algo al otro lado de la ventana y se giró con el rostro ensombrecido, mirando a sus amigos.

—Todavía nos está siguiendo. Va a ser imposible librarnos de él.

Alfred miró por la ventana y comprobó que Agatha llevaba razón. Al otro lado del cristal, el auto negro que les complicaba la existencia continuaba su marcha, pegado como un lacayo a la línea del tranvía.

Los chicos sabían que no había nada que hacer y que deberían proseguir hasta el final. Apearse en cualquiera de las paradas intermedias no haría sino adelantar el encuentro. Al menos, al acabar la línea, podrían contar con la ayuda del conductor del tranvía o de algún otro pasajero que se apiadara de ellos.

Pero no pudieron comprobarlo hasta que el carricoche se detuvo en Battery Park. La silueta magnífica de la Estatua de la Libertad les anunció, a lo lejos, que habían llegado al final de la isla de Manhattan.

Los chicos y la perrita se apearon del tranvía, temblando de miedo. El auto negro acababa de pararse en la acera de enfrente y los esperaba delante del muelle.

Agatha y Alfred sabían que no les quedaría más remedio que negociar.

Una de las puertas del auto se abrió y una figura conocida se apeó del vehículo. Se trataba de Thomas, el gerente. Acababa de plantarse en la acera, asegurándose de ser bien visto. Los chicos esbozaron una mueca de sorpresa cuando, al ver que su aparición había surtido su efecto, el gerente dio media vuelta y atravesó la ruta del parque, avanzando, una vez más hasta el ferry del muelle.

La nieve comenzó a caer con fuerza, salpicando de copos sus cabezas atónitas. Aquella situación era demasiado familiar, aunque sabían que no había tiempo que perder. El temor a enfrentarse al asesino era grande, pero mucho peor sería regresar a casa con las manos vacías. Estaba claro que la intención de Thomas no era otra que le siguieran, aunque Alfred no estaba muy convencido de que esa decisión fuera la correcta. Se colocó el cuello de su abrigo encima de la cabeza y siguió los pasos de Harpo, protegiéndose de la nieve. El cómico avanzaba a buen ritmo en dirección a la caseta del ferry.

Una vez allí, se toparon con el tipejo de los billetes, que volvía a cortarles el paso.

—Eh, ¿adónde creéis que vais? —exclamó el empleado con su aliento de queso agrio—. Ya sabéis cuáles son las condiciones si queréis subir a bordo.

Harpo miró con pericia al sinvergüenza. Y se dijo que debía utilizar su astucia para ser más inteligente que él.

—Sí, por supuesto. Danos un momento, amigo.

El muchacho se dio la vuelta y comenzó a rebuscar en su gabardina cualquier cosa que pudiera apaciguar al tipejo. Por desgracia hacía muy poco tiempo que llevaba puesto aquel guardapolvos, y tan sólo encontró un trozo de cristal junto a los restos de un dedal oxidado. Viendo que aquello no suponía un gran botín, el chico volvió a guardarlo y se dirigió muy serio a Alfred.

—Vacía tus bolsillos.

Alfred abrió mucho los ojos sin entender esa extraña petición. Pero Harpo volvió a insistir.

—Vamos, algo tendrás que nos pueda valer.

Agatha miró desesperada a Alfred, indicándole que debía hacer caso. Ella también había rebuscado entre sus ropas y en el recién recuperado abrigo de Harpo sin obtener resultado. Thomas volvería a escaparse si no conseguían subir a ese ferry.

—Está bien... —claudicó Alfred con desánimo—. Pero no tengo gran cosa. Un par de peniques, un trozo de pavo de la merienda, y bueno..., el sobre de la Medalla del Ciudadano.

Al escuchar aquello, la cara de Harpo se iluminó como un día de verano.

—Perfecto. Esto servirá.

Y agarró con seguridad el sobre, dirigiéndose al tipo de la puerta. Alfred no tuvo opción ni de protestar. No estaba de acuerdo en sacrificar su tesoro a lo tonto. Pues estaba convencido de que de nada serviría sonsacar a aquel rufián con una condecoración redactada al otro lado del Atlántico. Pero cuando vio que Harpo se aproximaba al hombre, que sacaba la carta del sobre y se la plantaba delante de las narices, hizo una mueca de extrañeza.

—Mira esto —exclamó Harpo mirando al tipejo con firmeza—. ¿Lo ves? Es una carta del embajador de Inglaterra.

El chico sostenía la carta de la Medalla del Ciudadano y señalaba con decisión el escudo de Scotland Yard. Agatha, Morritos y Alfred permanecían quietos como estatuas; no les quedaba más remedio que disimular.

—¿Ves a ese chico? —continuó Harpo señalando a Alfred—. Es el hijo del embajador en persona, y está deseando ver la Estatua de la Libertad. El otro día se quedó muy desilusionado por culpa de tu bajeza. Así que su padre le ha dado esta carta para que no vuelva a haber problemas. Yo soy su criado y ella es su hermana. Y como no nos dejes subir a ese ferry, te aseguro que vas a tener verdaderos problemas.

La cara del empleado se transformó en una expresión de verdadero apuro. Y retiró la barrera sin decir una palabra.

Agatha y Alfred asintieron disimulando con cortesía y accedieron a la rampa, seguidos de Morritos. Harpo, por su parte, saludó al empleado con su sombrero y enfiló la rampa hacia el ferry doblando la carta en cuatro partes y devolviéndosela a su amigo.

Alfred se mantuvo en su postura de caballero importante, pero no pudo evitar acercarse a Harpo y preguntarle por aquella escenificación tan sorprendente.

—Pero ¿cómo has podido hacerlo sin que se dé cuenta? —exclamó aún impresionado.

—Ha sido fácil —contestó Harpo mirando al frente —. ¡No sabe leer!

* * *

Una vez se adentraron en el ferry, los chicos buscaron a su alrededor la figura de Thomas. Pero ni en el piso de abajo, en el que casi no había pasajeros, ni en el de arriba, en el que nadie sería capaz de permanecer con ese frío, había ni rastro del gerente. No había explicación para aquello, y era demasiado tarde para dar marcha atrás. El barco acababa de soltar amarras y comenzaba ya su ruta en dirección hacia la Estatua de la Libertad.

Los chicos esperaron que la llegada a Liberty Island les diera alguna idea con la que proseguir, y se acomodaron acurrucándose unos con otros. El frío de alta mar era casi insoportable. Agatha permanecía caliente y cobijaba a Morritos bajo su buen abrigo de paño. Pero Harpo y Alfred no paraban de tiritar. A pesar de que emplearon el abrigo recién recuperado para intentar calentarse, los dos estaban demasiado empapados, por no hablar de la tela de la gabardina de Harpo, la cual no era muy apropiada para esas temperaturas.

En el exterior continuaba nevando. Agatha miró hacia el oleaje intentando distinguir los copos cayendo sobre el agua, y percibió algo que le hizo ponerse de nuevo alerta. Una pequeña embarcación avanzaba sobre las aguas, un poco más adelante, y su destino era el mismo que el de ellos: la Estatua de la Libertad.

La niña alertó a sus amigos, mostrándoles su descubrimiento, y se dijo que ahí era donde Thomas debía de encontrarse. Esperó que aquella decisión no les costara un disgusto, así que se armó de valor cuando el ferry atracó en el muelle de Liberty Island.

Cuando los cuatro bajaron la rampa de acceso y miraron al frente, descubrieron que el sospechoso ya los estaba esperando. Thomas aguardaba con un paraguas bajo el que se guarecía y esperaba paciente, mientras que Alfred, Agatha, Morritos y Harpo caminaban muy despacio siguiendo el camino del muelle.

—Felicidades por haberlo conseguido —afirmó el gerente—. Personalmente, nunca creí que consiguierais llegar.

Los niños no supieron cómo encajar esas palabras, pues era extraño que un hombre cuyo deseo no era otro que el de aniquilar actores se comportara de un modo tan afable.

—¿A qué se refiere? —preguntó Agatha intentando calibrar la reacción de Thomas. Las cosas estaban tan complicadas que no se aclararían a menos que se decidieran a charlar.

—Venid conmigo.

Thomas avanzó por el camino que rodeaba los pies de la estatua con un paso tan firme que causaba impresión. Alfred comenzó a dudar de que ése fuera el asesino que andaban buscando, aunque no se atrevía a abrir la boca con el gerente delante. Al fin, el hombre se detuvo en uno de los muelles que había en un lateral de la isla, en el que había instalado un mirador.

—Me habían hablado muy bien de vuestras credenciales —dijo tras el largo silencio de la marcha—. Pero jamás supuse que fuerais tan avispados como para encajar tantas piezas.

—¿Le han hablado de nosotros? —preguntó Agatha—. ¿Quién?

—El mejor admirador de su agencia, señorita —dijo alguien detrás de ellos.

La respiración de Agatha casi se detiene al oír aquella voz. Se dijo a sí misma que era imposible, que no podía ser que esa aparición tuviera cabida en aquella ciudad. Pero la realidad le mostraba que cualquier giro en el destino era probable, y que aquel caballero que acababa de aparecer entre la oscuridad del muelle no era otro que el responsable de su condecoración.

—¡Inspector Churchill! —exclamó Alfred, que tampoco podía creer lo que veían sus ojos—. ¿Qué está haciendo aquí?

—Trabajando —contestó con cariño el inspector—. Al igual que ustedes, por lo que veo.

El hombre avanzó con una sonrisa en sus labios y se plantó delante de los niños con los ojos húmedos de la emoción. Agatha y Alfred aún seguían anonadados, y Harpo, que continuaba tiritando, miraba a Morritos, sin saber quién diantres era aquel tipo rechoncho. Al ver que sus compañeros no reaccionaban, el muchacho miró al gerente con detenimiento y decidió intervenir.

—Entonces, Thomas no es el asesino de los actores.

—Desde luego que no —contestó Churchill, que al parecer sí sabía de la existencia de Harpo—. Este caballero no ha hecho otra cosa que pedir ayuda, viendo que la situación era demasiado complicada de resolver. Amigos míos, les presento a un viejo amigo, el inspector Bert Fonsèche.

El aludido inclinó su sombrero, saludando con respeto a los niños.

Alfred no podía creer aquellas palabras. Resultaba que Thomas era un personaje falso en aquella trama y que Churchill había estado en Nueva York todo ese tiempo sin que nadie lo supiera.

—Así que el viaje que usted emprendía era precisamente el mismo que el nuestro —exclamó el chico pensando en voz alta.

—Por supuesto —confirmó el inspector—. ¿Por qué cree que su padre le permitió venir a Nueva York, señor Alfred? Yo fui a hablar con él y le convencí de que le necesitaba en la investigación. Lo hizo con la promesa de que cuidaría de usted.

Alfred miraba al inspector Churchill, todo lo maravillado que sus pupilas le permitían. Así que sus padres sabían que el inspector tenía un caso entre manos. Habían guardado el secreto depositando toda la confianza en él. Alfred pensó en lo injusto que había sido con ellos, y una pizca de añoranza le hizo pensar en Londres y en las ganas que tenía de volver a abrazarlos.

—Entonces —intervino Agatha hilvanando las piezas—, usted está investigando este caso al igual que nosotros. Supongo que ha obtenido algunas pruebas. Aunque me pregunto si ha llegado ya hasta el final.

—Por desgracia no ha sido así, señorita —aclaró el inspector sacudiendo su sombrero—. Aunque he de agradecerle su ayuda con el asunto del veneno. El doctor Wilkins me puso al corriente en cuanto llevaron ese pañuelo al hospital.

—Así que el doctor Wilkins les ha estado informando sobre nosotros todo este tiempo... —añadió Alfred.

—No sólo ha sido Wilkins —intervino el inspector Fonsèche—. Yo llevo infiltrado en el teatro un par de meses. Sabía que las pistas de la maldición eran cuentos de miedo, aunque he de reconocer que no fui capaz de localizar el veneno.

Los cuatro atendieron al falso gerente, deseosos por conocer su versión de los hechos. El hombre carraspeó y pasó a explicarse:

—Tal y como les ha informado Churchill, en realidad soy inspector de policía, y trabajo aquí, en Nueva York. Hace un par de meses que alguien vino a verme y me contó una historia extraña acerca de una maldición. Por regla general no suelo creer en esas tonterías, pero la joven estaba muy asustada, se sentía amenazada y temía por su seguridad.

—¿Emma fue a verle y le contó todo? —preguntó Harpo, deduciendo la identidad de la muchacha.

—Así es —aclaró Fonsèche—. Percibía movimientos extraños en el teatro, y se sentía muy observada. Sabía que lo de Richard no había sido una casualidad. Y se asustó mucho más cuando una mañana descubrió que alguien había estado revolviendo entre sus cartas y objetos personales. Así que me rogó que me ocupara del caso.

Agatha percibió que todo encajaba. Y se dijo que Emma no sólo era una actriz aventajada. También había deducido que algo extraño ocurría en el teatro.

—Decidí infiltrarme —continuó el inspector—. Strudel necesitaba un gerente para el nuevo espectáculo y me inventé unas credenciales inmejorables para que me contratara sin dudarlo. Emma estaba más tranquila teniéndome a su lado. Sabía que yo detectaría los movimientos que pudieran resultar sospechosos. Pero con lo que no contaba es con que ella fuera la siguiente en enfermar.

Harpo continuaba temblando mientras escuchaba aquellas palabras. La nieve era tan fría que le congelaba los huesos, aunque sin duda recordar aquella tragedia era mucho más duro.

—Al ver que había sucedido lo mismo con Emma, me convencí de que este asunto se volvía demasiado complicado. Averigüé que los actores provenían del teatro de Sarah Bernhardt y pedí ayuda al inspector Churchill, que vino inmediatamente desde Londres para echar una mano.

Todo encajaba. Churchill había visto el mapa de Agatha aquella mañana en la mansión Miller y había averiguado que ellos también viajarían a la ciudad. Sabía que el caso de Nueva York podía complicarse, y le dio lástima ver a Alfred tan desilusionado. Así que se personó en casa de los señores Hitchcock para asegurarse de que le permitirían viajar también a él.

—Hay una cosa que no entiendo —intervino el chico tras escuchar las palabras de Fonsèche—. ¿Por qué le dio usted a Emma la partitura maldita? Harpo nos ha contado que se la entregó mientras la intentaba tranquilizar.

—Yo le entregué a Emma una partitura de Puccini que nada tenía que ver con la que Emma sacó al escenario —explicó Fonsèche—. No sé cómo la partitura maldita pudo llegar a sus manos.

Al parecer la mano negra del teatro había actuado de manera muy hábil. Tanto, que había conseguido engañar incluso a la mismísima policía.

—Qué extraño... —añadió Agatha—. Tendremos que interrogar a Emma para saber quién le dio esa partitura. Tal vez ahí esté la clave del misterio.

—Emma aún está muy desorientada —indicó Fonsèche negando con la cabeza—. Todavía no recuerda nada. Temo que el asesino actúe de nuevo y no tengamos tiempo.

Fonsèche les puso al día del estado de la enferma, ya que había pasado por el hospital antes de su cita con Churchill. A pesar de que Emma había mostrado signos de mejora, la muchacha aún continuaba en un duermevela. Apenas había conseguido decir dos palabras con sentido desde que había despertado. Y aunque el doctor Wilkins había asegurado que su recuperación sólo era cuestión de tiempo, puede que para ellos fuera demasiado tarde.

—De todas formas todo se complica para el asesino —añadió Alfred—. El director Strudel acaba de cerrar el teatro. Y sin escenario disponible, no creo que el sospechoso pueda intervenir otra vez.

—Si ese teatro se cierra —intervino Churchill—, jamás lograremos saber quién es el responsable de esta cadena de sucesos. Su pista se difuminará sin que podamos desenmascararle. La única baza que nos queda es que vuelva a intentarlo en el teatro. Así podremos pillarle con las manos en la masa.

Capítulo 15

La última función

Los preparativos para el plan debían hacerse rápido. Nadie habría creído que aquel viaje se convirtiera en algo tan extraordinario, del mismo modo que no habían podido suponer que el asesino fuera tan escurridizo.

Agatha volvió a recordar la teoría del crimen perfecto. Hasta entonces todos los intentos por desenmascarar al culpable habían fracasado. Sabía que debía haber un fallo en su bien calculado plan, el problema era encontrarlo. Reconocía que habían estado cerca, pero un gran detective no se conforma con meros intentos que no resuelvan definitivamente un caso. Así que mientras avanzaban hacia la casa de la abuelita Miller, intentaba trabajar en una estrategia que les permitiera salir victoriosos.

—Tenemos que atraer al asesino a nuestro terreno —anunció la niña poniendo en voz alta sus pensamientos—. No tiene sentido que vayamos en su busca cuando ha sabido escabullirse tan bien.

Alfred estaba de acuerdo. Era necesario atraer al sospechoso, hacer que acudiera por sí mismo para atraparle después.

—Pues no sé cómo vamos a hacerlo —suspiró Harpo, que se había quedado muy triste con la noticia del cierre del teatro.

Agatha sabía que aquella situación era demasiado enrevesada, pero sólo había un modo de darle a aquella historia un final adecuado.

—Haciendo que muerda el anzuelo —afirmó con convicción—. No creo que el asesino pueda resistirse si sólo le queda una oportunidad.

—¿Una oportunidad? —preguntó Harpo—. ¿A qué te refieres?

—Sabemos que el asesino ha estado deshaciéndose de los actores por un motivo. Y también sabemos que la última que queda es Flora Falconetti. Al principio creíamos que había sido ella para heredar el teatro, pero tras el asunto de la flecha está claro que no es ella.

Agatha estaba en lo cierto. Las sospechas sobre quien fuera el delfín de la compañía habían sido muy buenas, si no fuera porque ya no quedaban actores que no hubieran sido atacados. Además de Richard, Emma, Norman y la Falconetti, poco quedaba ya de la antigua compañía de Sarah Bernhardt. Y con la Falconetti en el punto de mira del asesino, no se les ocurría quién podía estar detrás de esos ataques.

No obstante, Agatha parecía haber tenido una idea.

—Mañana anunciaremos algo muy importante —afirmó sonriente—: la función de la tarde será la última en la que el teatro de variedades abra sus puertas. Será la última oportunidad que tendrá el asesino para deshacerse de la Falconetti. Y así le pillaremos con las manos en la masa como dijo Churchill.

—¿Con las manos en la masa? —exclamó Alfred.

—Exacto —confirmó la niña—. El sospechoso acudirá atraído por el anuncio. Será su última oportunidad para intentar asesinarla.

El plan era absolutamente descabellado, aunque no tenían otra opción. Agatha sabía que Harpo no pondría pegas y que colaboraría en todo lo necesario para atrapar al culpable. Sólo había que convencer a Strudel de que abriera una noche más. Puede que con la ayuda de Churchill y Fonsèche aquello no supusiera un impedimento. Sin embargo, el problema real era Alfred. Agatha intuía que su amigo no estaría nada convencido de unos planes que entrañaban tanto riesgo.

Viendo que el apoyo del chico era fundamental para la misión, Agatha decidió explicarse:

—El culpable vendrá para intentar deshacerse de la Falconetti, aunque nos adelantaremos. El único problema es que eso nos pondrá en peligro a nosotros también.

—¿A nosotros? ¿Por qué? —preguntó Harpo.

—Porque estaremos en el escenario —anunció la niña—. Tendremos que inventarnos un espectáculo nuevo y dejar a la Falconetti para el final. Pero a ella no le pasará nada porque nos encargaremos de desenmascarar al culpable antes de que pueda intentarlo. Y lo haremos desde la escena.

—¡¿No hablarás en serio?! —protestó Alfred—. ¡He luchado por no actuar delante de nadie y no pienso hacerlo ahora!

—¡Pues tendrás que hacerlo! —exclamó la niña sin permitir que Alfred volviera a protestar.

El chico se cruzó de brazos muy disgustado con la idea.

—Hay un detalle que falta —intervino Harpo—. Dices que daremos con el asesino en mitad de la función y que le pescaremos con las manos en la masa. Pero ¿cómo vas a conseguir averiguar su identidad?

—Pues porque él se delatará solo. Querido Harpo, ésta va a ser la función más divertida. Prepárate, porque el espectáculo acaba de comenzar.

* * *

El teatro de variedades lucía espléndido una vez que Agatha colocó el cartel de la función de la noche. Alfred y Morritos se habían encargado de diseñarlo en casa de la abuelita Miller, y la mujer les había prestado unas guirnaldas navideñas que ayudaran a llamar bien la atención. El texto de la pancarta no dejaba lugar a dudas acerca de lo extraordinario del espectáculo:

¡ÚNICA FUNCIÓN!

¡El teatro de variedades cierra sus puertas!
Última oportunidad para ver a Flora Falconetti en Nueva York

La abuelita Miller estaba muy ilusionada. Había disfrutado mucho con las novedades del encuentro con Churchill. La explicación del plan le parecía lo más original que había escuchado en mucho tiempo y no dudó ni un instante en que su nieta sería capaz de concluir con éxito aquella aventura.

La mujer había tomado a Agatha de la mano y la había sentado delante de su máquina de escribir. Y tras haberle entregado un taco de cuartillas en blanco había posado la mirada en su nieta, orgullosa como nunca de ella.

—Escribe —le había dicho—. Soluciona este caso de una vez por todas.

Agatha se había sentido tan llena de energía que no había parado de teclear en toda la noche. Sentía cómo las palabras bullían en su interior y se liberaban a medida que pulsaba cada una de las letras. Aquella sensación era casi tan maravillosa como resolver cualquiera de sus casos, y a pesar de que Alfred merodeaba nervioso por la habitación muy contrariado, procuró no perder la concentración.

El muchacho intentaba echar un vistazo al trabajo de Agatha, deseando por todos los medios que le adjudicara el papel más insignificante. Maldecía su mala suerte en aquel asunto del teatro: de nada servía haberse librado de la función del colegio si ahora se veía obligado a actuar ante toda Nueva York.

Al día siguiente, tras engalanar el teatro y repartir unas cuantas octavillas, Agatha, Alfred y Morritos se adentraron en el vestíbulo para empezar a prepararse.

Tal y como habían supuesto, la Falconetti no estaba muy conforme con actuar después de lo de la flecha, aunque Agatha le aseguró que todo estaba bajo control y que puede que ni fuera necesario hacerlo.

El resto del espectáculo era cosa suya, y la niña había hecho tres copias del guión para que sus amigos repasaran sus papeles. Aún había tiempo de sobra, pero se sintió un poco inquieta al ver que Harpo aún no había aparecido. Era extraño que el chico se retrasara con una actuación tan importante. Si llegaba a buen fin, podía convertirse en la mejor de su vida.

Justo cuando miraba el reloj del vestíbulo, Alfred sintió un cosquilleo en la nariz. El frío que había pasado metido en el ferry de Liberty Island no había hecho otra cosa que provocarle un horrible catarro. Y se preguntó cómo iba a ser capaz de actuar si le entraban ganas de estornudar. Sacó un pañuelo del bolsillo y se sonó mientras intentaba repasar las líneas de texto que Agatha le había adjudicado.

—Es muy importante que memorices bien tus frases antes de subir al escenario —indicó la niña muy sonriente—. Un buen actor debe saberse el texto al dedillo para poder interpretarlo.

—¿Ah, sí? —protestó Alfred—. ¿Y quién lo dice?

La niña señaló hacia el cartel de Sarah Bernhardt.

—Ella. La mejor actriz de todos los tiempos.

Alfred volvió la cabeza y se fijó en el antiguo cartel que ya era como de la familia. Repasó los gestos de la dama y se dijo que aquellos aires de grandeza no tenían nada que ver con él ni con sus aspiraciones. Por supuesto no podía negarse a echar una mano, pero se dijo que aquella vez sería la única. Para la próxima ocasión, Agatha tendría que buscarse otro candidato.

Tras el vistazo a Sarah Bernhardt, el chico se hizo un ovillo en el abrigo que habían recuperado del asesino. Sin duda, aquel guardapolvos le calentaría más que el suyo, por muy mala hechura que tuviera, y podía disponer de él hasta que se lo devolviera a

Harpo. Luego, se tocó la frente, convencido de que tenía fiebre.

Agatha, en cambio, seguía embelesada mirando el cartel. Tanto tiempo presente en sus cabezas y resultaba que aquella mujer envuelta en joyas con forma de vegetales tenía mucho que decir en aquel misterio. La niña deseó con todas sus fuerzas que le transmitiera la solución a aquel rompecabezas. De pronto se fijó en un detalle del cuadro, en un pequeño objeto que hasta entonces había pasado desapercibido, y una emoción inesperada la sacudió con fuerza. Morritos se acercó sigilosamente, sabiendo que Agatha acababa de descubrir algo. Las pupilas de la niña se movían muy deprisa, como si al observar la figura de Sarah Bernhardt algo estuviera encajando. Pero antes de que Alfred, que también se había percatado, pudiera preguntar, la niña le tomó del brazo.

Ni Alfred ni Morritos comprendían qué le estaba sucediendo a Agatha, que corría emocionada. La niña atravesó el patio de butacas para adentrarse después por el pasillo de los camerinos. Y cuando llegó frente a la puerta de la sala de actores y la empujó con decisión, los tres se toparon con la señora Hope, que en aquel momento regaba los ramos de flores de la diva Falconetti.

Agatha se detuvo en seco. Observó el trabajo de la anciana, deseando no interrumpirla, hasta que la asistente se percató de la presencia de los tres investigadores y levantó su rostro, algo confusa.

La niña inspiró hondo, acercándose muy despacio a la mujer.

—Señora Hope, ¿podemos hablar con usted?

Rachel Hope asintió con la barbilla, y Agatha ordenó a Morritos y a Alfred que tomaran asiento. Aquella charla, además de larga, iba a tener que ser secreta, y lo más prudente para todos era que cerraran la puerta.

* * *

—Pero ¿dónde te habías metido? ¡Apenas queda media hora para la actuación!

Agatha descubrió que era la primera vez que se enfadaba con Harpo, y se dijo que ahora comprendía perfectamente las preocupaciones del director Strudel. Casi no quedaba tiempo para que el chico se aprendiera sus frases, ya que había llegado tardísimo al teatro. Sin embargo, al ver la mala cara que traía, la niña se dijo que tal vez había sido demasiado dura con él.

El actorcillo no despegó la boca durante la reprimenda, y Agatha observó que algo no iba bien. Cuando la niña guardó silencio para que fuera él quien se explicase, descubrió alarmada que éste negaba con la cabeza.

—¿Qué ocurre, Harpo? ¿Ha sucedido algo? Vamos, ¡explícate!

Harpo se señaló su garganta con amargura y Agatha comprendió entonces el alcance de la tragedia. El cuello del muchacho estaba tapado con un pañuelo y anunciaba lo más desastroso que podía sucederles en esos momentos: ¡Harpo se había quedado sin voz! El frío del día anterior había sido tan intenso que había resfriado a Alfred, pero también había sido demasiado duro para Harpo, que había acusado el mal trago quedándose afónico. El muchacho intentaba arrancar las palabras desde el fondo de su garganta, pero lo único que salía de ella era un sonido similar al de la hoja de una sierra.

—¡Es horrible! —exclamó Agatha—. Había preparado unas líneas para que fueras tú quien me acompañara en el escenario. ¡Alfred tan sólo tenía que hacer el papel secundario! Y ya es demasiado tarde para cambiarlo todo.

Harpo negó con la cabeza. Intentaba explicarle a Agatha que por él no habría problema, y sacó un pedazo de papel del bolsillo, en el que redactó una pequeña nota para tranquilizarla:

No te preocupes, Agatha. Podré hacerlo.

—¿Que podrás hacerlo? ¿Cómo?

—Como saben hacerlo todos los actores, querida —exclamó la abuelita Miller detrás de ellos—. Con un poco de imaginación.

Agatha se giró llena de alegría. La figura afable de la abuelita acababa de aparecer tras ellos como un hada madrina dispuesta a disfrutar de la función. La niña corrió a abrazarla, orgullosa de que la mujer hubiera superado sus miedos. Sabía que para ella era complicado regresar al teatro, aunque al parecer no lo suficiente como para perderse el debut de su nieta.

—Así que tenemos a un actor sin voz que no puede eludir subirse al escenario, ¿no es así? —preguntó la mujer centrándose en el problema de Harpo.

Agatha esperaba que su abuela conociera un brebaje milagroso que curara la afonía en un periquete, pero la mujer tan sólo sacudió la espalda del actor deseándole suerte.

—Sabrá encontrar su camino. Estoy convencida de que hallará un modo de expresarse. No todo es la voz en el teatro.

La abuelita se retiró a su asiento y la niña suspiró deseando que aquello se cumpliera. Había trabajado mucho para que el espectáculo saliera bien. Ojalá la afonía de Harpo no desbaratara todo el plan.

—A pesar de todo, repasa bien tus frases —dijo entregándole el guión—. Necesitarás saber qué voy a decir. De todas maneras, no entiendo qué has estado haciendo todo este tiempo. ¿Por qué has tardado tanto?

Harpo comenzó a reírse sin que ningún sonido saliera de su boca y, a pesar de que cada vez se encontraba peor, a Alfred le hizo gracia. Aquella escena parecía sacada de una película. El actorcillo extendió el brazo, preparándolos para la sorpresa y, cuando todos le prestaban atención, metió la mano en su bolsillo y extrajo un objeto muy extraño del fondo de su gabardina.

—¿Una bocina? —preguntó Alfred.

Harpo asintió y la hizo sonar muy contento. Después volvió a escribir una nota en el papel:

Me ayudará a avisaros de dónde estoy. No puedo gritar.

—Me parece buena idea —confirmó Agatha—. ¿De dónde la has sacado?

Harpo escribió otra frase y la mostró a sus amigos:

La tomé prestada de un taxi. ¡Al final los taxis sirven para algo!

Agatha se rio de aquella ocurrencia. El director Strudel se aproximó entonces para avisarlos de que el público estaba a punto de entrar en la sala. Y Agatha sintió un calor repentino que comenzó a enrojecerle las orejas. El éxito de la actuación no sólo estaba en satisfacer a los espectadores. También tenían un caso que resolver. La niña escuchó los pasos y la algarabía que comenzaban a invadir la sala y se agarró al telón intentando calmar sus nervios. Puede que el asesino estuviera entre esos zapatos que se escuchaban desde el patio de butacas. O que los estuviera vigilando desde dentro. Cualquiera sabía. Deseaba con todas sus fuerzas ser capaz de identificarlo. La vida de sus amigos podía correr peligro a menos que consiguieran dar con él.

Capítulo 16

El asesino del piano

El director Strudel salió a escena. Nada más verle, el público comenzó a aplaudir. Aquella tarde el teatro estaba abarrotado de espectadores. Todos habían acudido atraídos por el extraordinario espectáculo que anunciaba la pancarta: la última función de Flora Falconetti en Nueva York.

El hombre explicó que la diva estaba preparándose, y que mientras esperaban, daría paso al primer número de la noche. Así que el ventrílocuo Sebastian, que apareció en escena acompañado por el señor MacGuffin, atravesó el telón de fondo y saludó al público.

Agatha suspiró al verle. Gracias a la habilidad de Alfred, el muñeco había podido repararse, y el señor Sebastian lo había agradecido tanto que no puso problemas en colaborar en aquella función improvisada. El hombre se colocó delante del foco y comenzó a interrogar al señor MacGuffin. El muñeco le daba la réplica con sus respuestas ingeniosas al tiempo que las risas invadían los recovecos del teatro.

Agatha se dijo que era el momento de prepararse. La siguiente actuación sería la definitiva y no podía permitir que fallara por culpa de su falta de atención. Alfred, en cambio, cada vez se encontraba peor. Tenía una tiritona considerable y dudaba que la fiebre le permitiera representar correctamente su papel. Sin embargo, cuando Agatha fijó la vista en él y en su mal aspecto, el chico intentó tranquilizarla estirándose un poco.

Morritos también estaba algo preocupada por Alfred. Miraba a sus amigos desde el interior de la gabardina de Harpo. El actorcillo mantenía a la perrita bien sujeta bajo su guardapolvos y los dos bajaron así hasta el patio de butacas, desde donde aguardarían el momento adecuado para intervenir.

Sobre el escenario, el señor MacGuffin continuaba entreteniendo al público con sus chistes malos. Agatha inspiró profundamente, preparada para entrar en acción. Alfred admiró orgulloso el valor de su amiga. No sólo había decidido auxiliar desde el principio a Hércules, sino que también había vencido sus temores decidida a encontrar una solución para Emma. Era tan tenaz en lo que se proponía que se había quedado toda la noche despierta trabajando. Y se dijo a sí mismo que una niña como Agatha se merecía triunfar en cualquier cosa que se propusiera, pues estaba hecha para la lucha.

La niña dio un paso al frente, lista para entrar. Alfred la miró con sus ojos febriles y ella le correspondió con una sonrisa. El chico deseó que todo fuera bien encima del escenario, y que aquel maldito asesino no se saliera con la suya. Apretó los puños con fuerza, intentando transmitir a Agatha todo el valor que pudiera y la acompañó con la mirada mientras ésta hacía su aparición en escena.

El público comenzó a murmurar cuando vio que Agatha interrumpía al señor Sebastian. La niña se aproximó al ventrílocuo y le advirtió que su presencia ya no era necesaria: ella era una importante detective e iba a proceder a explicar un asunto policial.

Alfred sonrió al ver cómo Agatha se desenvolvía sobre el escenario. Pero volvió a ponerse alerta mientras observaba a los espectadores desde el agujero. Entre ellos pudo identificar el rostro de la abuelita

Miller, que a pesar de lo segura de sí misma que parecía siempre, ahora mostraba un aspecto tenso.

¿Quién podía ser el asesino? Lo mismo estaba tan cerca que no serían capaces de detenerlo. O por el contrario, podía estar tan lejos que fuera imposible atraparlo. En aquellos momentos difíciles volvió a acordarse de Londres y de lo que echaba de menos a sus padres. Se dijo que su madre llevaba razón en advertirle. Antes de iniciar aquel viaje, jamás habría pensado que se convertiría en algo tan serio. Recordó su consejo: Nueva York era tan peligrosa que ni mil ojos eran suficientes, pues el mal podía estar donde menos te lo esperas.

Donde menos te lo esperas...

La tiritona le estaba haciendo pasar mucho frío. No sabía qué hacer para sentirse mejor. Quizá su cabeza funcionaría mejor cuando se sintiera caliente, así que intentó cobijarse bien dentro del abrigo. Se lamentaba por tener que salir a escena cuando lo que necesitaba era meterse en la cama, pero al menos se sintió afortunado de tener aquella prenda tan confortable. Había sido una suerte que el asesino lo perdiera en mitad de su huida. Metió las manos en los bolsillos buscando algo de consuelo.

Donde menos te lo esperas...

Parecía que el asesino había estado siempre en la sombra, como una incógnita oculta en mitad de la ecuación. Alfred recordó la fotografía de Hércules con los miembros de la compañía: Richard, Emma, Norman y la diva Falconetti. Tras unos cuantos segundos en blanco, algo le hizo volver a la realidad. La mano derecha, cobijada en el bolsillo del abrigo, palpó de repente algo extraño, y el chico extrajo el forro para comprobar lo que era. Cuando sacó la tela del bolsillo y la comprobó a la luz, descubrió que había un agujero por el que se colaban tres de sus dedos. Y por instinto, casi sin darse cuenta, sacudió la parte baja del abrigo notando que algo se movía dentro de la tela.

Donde menos te lo esperas...

Algo se había colado por el forro. Alfred metió los dedos por el agujero, intentando alcanzar con las yemas el objeto. Al tacto, parecía un cilindro pequeño, un objeto minúsculo que el asesino debía de haber metido dentro. Estaba frío. Casi lo tenía entre los dedos. El chico se dijo que tenía que averiguar de una vez por todas qué había ahí dentro y rasgó la tela decidido a extraerlo. Así, logró sacar el cilindro y lo levantó para verlo a la luz. Se quedó de piedra.

Se trataba de una botellita tapada con un corcho. Alfred liberó el tapón y volcó un poco de su contenido, tocando la sustancia con los dedos. Y cuando vio el efecto del líquido en contacto sobre su piel, adivinó por fin lo que había sucedido.

Donde menos te lo esperas.

El estómago de Alfred bullía. Reventaba burbujeando mientras su cabeza se revolvía en plena cocción. Y se preguntó cómo habían podido ser tan confiados. Ahí estaba. Lo habían descartado desde el principio sin saber que estaban delante del asesino del piano.

El chico se abalanzó hacia la cortina, intentando acceder a Agatha. Y aprovechó un momento en el que la niña giraba su cara y la tuvo frente a frente para susurrarle con toda su desesperación:

—¡Agatha! ¡Espera! ¡Ya sé quién ha sido!

* * *

Hércules cogió de la mesilla el caldo que Emma debía tomarse para la cena. El doctor Wilkins le había advertido que la enferma debía reponerse y que la comida era fundamental para recuperar fuerzas.

Aquel estado de duermevela no debía prolongarse demasiado tiempo, y sin alimento no habría modo de superarlo.

El mayordomo introdujo la cuchara en el tazón de sopa y la acercó a los labios de su hermana, probando suerte. No parecía que ésta estuviera muy dispuesta a colaborar. Mantenía los ojos entornados sin decir una palabra, mientras el rostro de Hércules se desesperaba al ver que no había modo de hacerla comer.

—Vamos, Emma —dijo insistiendo con la cuchara—. Tienes que ponerte bien. Si no tomas nada, no te pondrás buena.

Hasta entonces Emma jamás había contestado a los intentos de Hércules por entablar una conversación. El mayordomo procuraba compensar los silencios hablando solo. Tal vez así conseguiría que su hermana regresara de una vez por todas al mundo de los vivos.

—No me apetece, Hércules... —susurró de pronto Emma con un hilo de voz.

El mayordomo casi tiró la sopa al suelo al escuchar a su hermana decir una frase completa y las lágrimas comenzaron a brotar de sus pupilas.

—¡Oh, Emma! —exclamó dejando el tazón en la mesa y abrazándola con cariño—. Nos has tenido tan preocupados... ¡Creí que jamás podría recuperarte!

La mano temblorosa de Emma escaló la espalda de Hércules y apretó su nuca débilmente. Hércules, mientras tanto, encerró la mano de su hermana entre sus palmas y se quedó un rato observándola.

—Hércules, estoy tan cansada... —susurró Emma tras bostezar—. ¿Cuánto tiempo he estado durmiendo?

—Demasiado —contestó el mayordomo con una sonrisa.

—Supongo que he estado muy enferma, ¿verdad? —preguntó la muchacha—. Si has venido desde Londres para estar conmigo, la cosa ha tenido que ser grave.

Hércules asintió sin dar explicaciones. No quería asustar a Emma diciéndole que había estado a punto de perderla, y se dijo que ya habría tiempo para contárselo.

—Lo que tienes que hacer ahora es recuperarte —sugirió intentando evitar el tema—. El culpable de esta fechoría pronto estará entre rejas.

—¿El culpable? —exclamó Emma sin comprender.

Hércules se dio cuenta de que se había ido de la lengua. Aunque tal vez si interrogaba a Emma podía echar una mano a Alfred y a Agatha. Aquella mañana los niños tenían bastante prisa. Iban a preparar la última función para el teatro. No habían querido dar más detalles, seguramente para no preocuparlo. Pero Hércules sabía que aún no habían conseguido resolver el misterio. Miró a su hermana convencido de que ella debía de saber algo. Los datos estaban en su cabeza, y era muy importante para la investigación el poder extraerlos. Así que intentó encarar el asunto de la manera más suave posible.

—Caíste enferma —informó Hércules—. La partitura que tocaste hizo que te pusieras así de mal. ¿Qué es lo que recuerdas?

Emma perdió su mirada unos instantes al frente y apretó los párpados intentando recordar.

—Yo... estaba esperando a salir a escena. Y recuerdo que Thomas, bueno, el inspector Fonsèche, se acercó a darme la partitura.

Hércules intentó calmarse. Parecía que Emma iba a conseguirlo.

—El inspector Fonsèche trabaja de incógnito en el teatro —aclaró la muchacha en tono confidente—. Recuerdo que yo estaba muy preocupada y que fui a pedirle ayuda.

Hércules asintió haciendo saber a su hermana que ya estaba enterado. Y volvió a acercarse a ella, insistiendo una vez más.

—¿Qué pasó después de que ese hombre te diera la partitura? Vamos, Emma, intenta recordar.

—Pues... yo estaba esperando con la partitura en la mano —continuó la muchacha—. Recuerdo que estaba mirando la actuación de Harpo. El pobre canta tan mal que Strudel le echó una bronca horrible. Y me dio mucha pena de él.

Hércules esperaba que la memoria de Emma supiera desembocar en algo razonable. Aguardó expectante a que la muchacha siguiera desembalando sus recuerdos.

—Me retiré del agujero de la cortina, esperando a que Harpo regresara del escenario. Estaba bastante nerviosa. Fonsèche no sabe mucho de música y la canción que me había dado no era muy buena, pero yo no podía protestar y levantar sospechas. Aunque tras el poco éxito de Harpo, sabía que al público no le gustaría nada esa partitura.

—¿Y qué pasó? —preguntó Hércules—. ¿Qué hiciste entonces?

—Pues... cambiarla —contestó la muchacha—. Aquella canción no iba a conseguir levantar el espectáculo. Y por fortuna, en el último momento, Fonsèche, es decir, Thomas, me envió otra partitura para intentar salvarlo.

—Entonces, ¿fue Thomas quien hizo el cambio? Emma, contesta: ¿fue él?

—No... —contestó la muchacha—. El pobre estaba muy atareado intentando calmar al director Strudel. ¡A punto estuvo de echar a Harpo del teatro!

—¿Y entonces? Emma, por favor, dime quién fue. ¡Dime quién hizo el cambio!

—Pues... Norman. Él me dio la partitura nueva. Me dijo que me la traía de parte de Thomas. Y que ésa era la que tenía que tocar.

La respiración de Hércules casi se detuvo de la impresión. Aquel testimonio acababa de dejarle helado. El mayordomo giró la cabeza de inmediato hacia el biombo que había ocultado la cama de Norman desde que se derrumbara en plena actuación.

Emma miraba a Hércules muy extrañada. No comprendía lo que estaba pasando. Y se sobresaltó al ver cómo su hermano se levantaba de un salto y se encaraba al biombo, dispuesto a retirarlo.

Hércules inspiró profundamente. Pensó que el pianista había sido muy listo. Demasiado. Había engatusado a todos hasta estar a punto de salirse con la suya. Pero aun así, dudaba de si tendría el valor suficiente para verle la cara.

El mayordomo estiró una de sus manos al frente y notó cómo, de repente, sus dedos temblaban. Le impresionaba la inteligencia de Norman. Había estado fingiendo detrás del biombo todo ese tiempo, sin que ellos se hubieran dado cuenta de nada. Se dijo que el plan de Agatha y Alfred de poco serviría ya. Que estaba en sus manos el atraparle. Sin embargo, le sorprendía que aún no hubiera dicho una palabra.

Agarró el borde del biombo y tiró con fuerza. Pero cuando la tela se apartó de su vista y observó lo que tenía delante, algo inesperado volvió a sorprenderle. Pues ante sus ojos, la blancura solitaria de las sábanas le recordó lo listo que era ese individuo. El asesino había vuelto a escaparse. La cama de Norman estaba vacía.

* * *

Alfred recorría desesperado los pliegues del telón persiguiendo a Agatha. Necesitaba informarla de lo que había descubierto, pues sabía que aquella noticia era tan inesperada que se escapaba a cualquier previsión.

El que Norman fuera el culpable no había sido una posibilidad en ninguna de sus apuestas. Pero aquella muestra de tinta que acababa de impregnar sus dedos le había dado la clave: era la sustancia perfecta para simular una mancha como la del cuello de Emma. Alfred sabía que no corría peligro por haberla tocado. Era tinta corriente, similar a la que se usaba al escribir cualquier carta, pero había actuado en su piel igual que la marca del veneno.

Pensándolo bien, resultaba que Norman era el candidato perfecto. Para empezar, era muy posible que él le hubiera cambiado a Emma la partitura. Quizá la engatusó para dársela y hacer creer a todos su engaño. No había que olvidar que él mismo la interpretó después al piano a pesar del accidente de la actriz. ¿Por qué se habría empeñado en hacerlo? Posiblemente para fingir su enfermedad.

Alfred sacudió la cabeza al entender lo que había pasado: aquel día Norman tocó fatal el piano.

Seguro que se había propuesto equivocarse de tecla desde el principio, y simular un miedo escénico le hizo pasar desapercibido. No debía tocar la tecla envenenada. Y no la tocó, por supuesto. En cambio simuló la mancha en su cuello usando aquella tinta corriente. El pianista se había encargado de salir del juego con una coartada tan buena como para poner a prueba a cualquier investigador, incluido Churchill. Por no hablar de sus conocimientos musicales y de la idea de deshacerse de los otros miembros de la compañía para heredar el teatro. Claro que sí. Ahora lo veía claro: ¡Norman quería ser el nuevo delfín!

Todo encajaba, aunque el chico no sabía cómo comunicarle a Agatha que su teoría era cierta. Su amiga continuaba hablando hacia el público sin enterarse de lo que pasaba entre bambalinas y Alfred supuso que tendría que llegar hasta el final. Pero sin la ayuda de la niña, ¿a quién podría recurrir? Por un segundo creyó que las preocupaciones y la fiebre acabarían por vencerlo, pero de repente la respuesta se iluminó en su cabeza. Y se marchó corriendo a buscarla.

* * *

Agatha reclamó la entrada de Harpo desde el centro del escenario. Éste, obediente, subió la escalerilla desde el pasillo de las butacas y comenzó a hacer una serie de reverencias para presentarse.

—Muy bien, querido Harpo —declamó Agatha hacia el auditorio—. Sabemos que guardas un secreto que nadie ha sabido adivinar. Estamos todos esperando que nos lo cuentes. Aunque vamos a recordar al público lo que ha sucedido para que comprenda la importancia de este misterio.

Harpo asintió exageradamente, y se acercó al piano del teatro. Apoyó su codo sobre las teclas haciendo como que se tropezaba y que estaba a punto de caer al suelo. El público rio al verle.

—Está bien, Harpo —continuó Agatha—. Estamos aquí porque algo muy grave ha sucedido en este teatro. Varios actores han caído enfermos sin explicación. Y vamos a encargarnos de desvelar al culpable.

El público murmuró impresionado. Aquel espectáculo era, sin duda, sorprendente. Agatha dejó una pausa para que todos se callaran y entonces continuó:

—Nuestra compañía llegó a Nueva York deseosa por triunfar en el teatro. Todos los actores interpretaron una pieza muy solemne al piano, pero en cada ocasión sucedió algo inesperado que les impidió terminar.

Harpo escenificaba las palabras de Agatha imitando a los actores tocando el piano. Después pulsó con fuerza una de las teclas y se agarró el cuello tirándose al suelo.

Agatha observó la reacción del público. La mímica de Harpo estaba surtiendo efecto. Sus gestos exagerados no paraban de arrancar carcajadas en los espectadores, pues verle actuar era enormemente divertido. Pero recordó el porqué de aquella actuación. Era probable que hubiera un asesino observándolos, y permanecer actuando sobre aquel escenario les ponía en peligro. El que ella acabara de destapar el asunto de los asesinatos podía hacerlo saltar como un cangrejo de la cazuela. Esperaba que Churchill y Fonsèche permanecieran bien alerta desde sus asientos entre el público, pues cualquier movimiento en falso podía ser un intento de borrarlos del mapa.

Una ráfaga de miedo recorrió su espina dorsal, paralizándola por unos instantes. Intentó encontrar un poco de aplomo buscando a Alfred y se giró hacia la parte del escenario oculta tras el telón. Pero su amigo había desaparecido.

Agatha se había quedado en blanco y, al verla, Harpo abrió de par en par su gabardina para que Morritos hiciera su aparición estelar. Sabía que una perra de dos rabos sorprendería a todo el mundo, y tal vez adelantar su entrada les haría ganar algo de tiempo.

Al oír los bocinazos de Harpo persiguiendo a Morritos, Agatha se dijo que debía reaccionar. A lo mejor Alfred había descubierto algo y por eso se había ausentado de entre bambalinas. Los espectadores de la primera fila atendían sin pestañear la atlética actuación de la perrita. La niña sentía que el pánico se apoderaba de ella de nuevo. Podía presentir los ojos del asesino observándola desde el patio de butacas, pero trató de inspirar hondo y proseguir con la actuación.

—Dejaos de jugueteos, amigos —dijo retomando las riendas del espectáculo—. Tenemos que concentrarnos en atrapar al culpable.

Harpo y Morritos pararon su improvisación atendiendo a las órdenes de Agatha. La niña sacó la partitura maldita de la gabardina del chico y la mostró al frente para que todos la vieran.

—Sabemos que esta partitura fue la causa de todo. Un veneno muy dañino permanecía oculto en las teclas de este piano. Por suerte nosotros fuimos capaces de descubrirlo.

Un murmullo de sorpresa se adueñó de la oscuridad del palco, y la niña continuó.

—El asesino pensaba que podría engañarnos. Pero no contaba con la efectividad de nuestra agencia de detectives. Hemos conseguido hacer despertar a una de las actrices, así que nuestro siguiente paso será desenmascarar al culpable.

Agatha sabía que si había algún intento por callarle la boca, estaría a punto de suceder. Repasó con la mirada las filas de espectadores, esperando la reacción por parte de alguien. Las caras del público permanecían atónitas, llenas de impresión, deseosas por conocer el desenlace.

—Estamos preparados para señalar al culpable. Nuestro amigo Alfred va a encargarse de hacerlo. Así que, Alfred, por favor, necesitamos tu presencia en el escenario.

Agatha deseó con todas sus fuerzas que su amigo interviniera desde donde estuviera, y al ver que éste aparecía de pronto por un lateral, suspiró aliviada.

Sin embargo Alfred no hizo su entrada solo. La señora Hope, que de repente parecía más atlética de lo normal, se colocó a su lado. Agatha miró muy impresionada al chico. Aquella aparición no estaba prevista en el libreto que ella había escrito. Se puso algo nerviosa sin saber qué tramaba su amigo. Pero Alfred avanzó muy pegado a la mujer hasta la mitad del escenario, mientras sostenía un sobre en la mano. Su cara parecía un saco de almidón.

—Buenas... tardes —murmuró el chico.

La gente comenzó a susurrar, expectante. Todos deseaban conocer la resolución del caso, aunque no estaban seguros de poder enterarse con la poca potencia de la voz de Alfred. La señora Hope tocó su pecho para indicar que debía hablar más alto. El chico carraspeó y dio un paso al frente.

—La agencia Miller & Jones, a la cual pertenecemos, ha descubierto que el responsable de estos atentados se encuentra con nosotros en la sala, y vamos a desenmascararle.

La gente volvió a murmurar, mirándose unos a los otros.

Alfred abrió el sobre de la Medalla del Ciudadano, que sin duda era una buena pieza de atrezo.

—Tras nuestras rigurosas investigaciones, hemos descubierto que el autor de estas fechorías, el culpable de esta cadena de maldades..., no es otro que... ¡usted!

Alfred señaló a un espectador cualquiera de la primera fila y el hombre se puso blanco como el papel. Su mujer, sentada en la butaca de al lado, se carcajeó con aquella ocurrencia, y Harpo animó al caballero a subir desde el patio de butacas entre las risas de los espectadores.

Pero Agatha miró decidida al frente. Ése era el momento que estaban esperando. Rebuscó entre las filas de asientos buscando al sospechoso verdadero. Las caras de la gente se sonreían unas a otras y permanecían en sus butacas atendiendo a la función. Y cuando parecía que todas disfrutaban sin inmutarse, atisbó cómo una silueta oscura se levantaba sigilosamente y se escabullía hacia el pasillo. Aquélla era la jugada que habían estado aguardando. El culpable se delataría a sí mismo en cuanto creyera que ya no estaba en el punto de mira. No contaba con que ellos iban a continuar alerta.

Alfred tampoco había sido ajeno a aquel movimiento. Y viendo que el asesino podía volver a huir, gritó señalando al fondo.

—¡Es él! ¡Intenta escapar!

Pero parecía que su grito no había sido muy eficiente. Y tan sólo un par de espectadores miraron alrededor sin comprender. La sombra continuaba su trayecto sin prestar atención. Hasta que de pronto la señora Hope avanzó un paso y gritó hacia el fondo de la sala con una potencia de voz que sorprendió a toda la audiencia:

—¡Norman! ¡Detente!

Un enorme silencio se adueñó de la sala. La sombra se quedó petrificada y se giró al oír su nombre. El público observaba atónito.

Agatha sentía que estaba a punto de desmayarse, no podía creer que aquello fuera cierto. Miró a Alfred muy asustada, incapaz de creer lo que tenía delante. Pues Norman, enfundado en su pijama de hospital, acababa de darse cuenta del engaño y echaba a correr vestido con la chaqueta de Hércules.

—¡No escapará! —gritó de repente Churchill, que se levantó de su asiento seguido de Fonsèche.

Un griterío se adueñó de la sala de butacas, y el director Strudel apareció en la escena con los ojos como platos.

Harpo también estaba de una piedra. Nunca hubiese creído que Norman pudiera ser el culpable, pero cuando vio que el pianista escapaba por la puerta del vestíbulo rogó que Churchill y Fonsèche lograran apresarle. Los dos policías, por su parte, aún intentaban abrirse paso entre el público, y parecía imposible que consiguieran alcanzarle.

Por un momento creyeron que el caso estaba perdido. Norman acababa de huir del teatro. Agatha supo que después de aquello sería imposible dar con él, y miró a sus amigos con desesperación. Pero de pronto, las puertas del teatro volvieron a abrirse y un joven con gafas apareció en mitad del patio de butacas. El recién llegado forcejeaba con alguien y le obligaba a entrar en la sala. Los niños volvieron a esperanzarse al ver que su presa no era otro que Norman.

—¡Eh, amigo! ¿Dónde va con tanta prisa? —gritó el joven al pianista—. La actuación de mi hermano se merece un respeto, ¿no cree? ¿Qué es eso de escaparse sin ver el final?

Al igual que Harpo, Alfred y Agatha también se habían quedado sin habla. Aquel muchacho que arrastraba a Norman del cuello del pijama tenía los rasgos de todos los Marx, aunque los niños no creían haberlo visto nunca. El pianista intentaba resistirse, pero el recién llegado era más fuerte que él.

—Caramba —continuó el joven repasando el pijama de Norman—, vestido con esta guisa, no me extraña que quiera escapar, amigo.

Los espectadores volvieron a sentarse en sus butacas y por sus carcajadas parecía que comenzaban a calmarse. Churchill y Fonsèche consiguieron llegar hasta Norman y el muchacho de gafas, y asieron al pianista con firmeza. Después le colocaron unas esposas y se lo llevaron hacia el exterior del teatro, donde a buen seguro, habría más policías esperándolos. Al ver que Norman se marchaba con las autoridades, el director Strudel avanzó hacia el borde del escenario, dirigiéndose al recién llegado.

—¡Groucho! Como siempre, llegas tarde. Eres igual que todos los Marx.

Alfred, Agatha y Morritos sonrieron al descubrir al hermano que faltaba, que avanzó por el pasillo y subió al escenario.

—Ya le dije que mi hermano no le defraudaría, Strudel —añadió Groucho estrechando la mano al director—. Sólo le hacía falta ensayar un poco.

Strudel asintió, mientras que, una vez lo tuvo delante, Harpo abrazó con cariño a su hermano. Al final parecía que Groucho había podido ver una de sus actuaciones, y el chico estaba encantado de que hubiera asistido a la mejor de todas.

Agatha sonrió encantada al ver juntos a los dos actores, y antes de decidirse a presentarse, observó cómo Churchill aparecía de nuevo en la sala y subía con tranquilidad al escenario.

—La agencia Miller & Jones siempre eficiente en su servicio —dijo avanzando hacia ellos—. Me pregunto cuántos casos más conseguirán solucionar.

—Aún nos queda resolver el más importante —contestó la niña levantando su dedo índice al inspector—. Pues tenemos una sorpresa para usted.

Los presentes atendieron las palabras de la niña y guardaron silencio. Al parecer los misterios aún no habían terminado.

—Hemos encontrado algo que usted andaba buscando —se explicó la niña—. Una pieza extraviada que, de manera sorprendente, ha encajado como un guante en nuestro caso.

Tras decir esas palabras, la niña se acercó a la señora Hope, y pasó a explicar el giro final de aquella aventura:

—Querido inspector Churchill, permítame presentarle a la señora Hope, o más bien debería decir, a la actriz que se ha encargado de darle vida durante cierto tiempo. Alguien a quien usted ha estado buscando y que no es otra que la mejor artista de todos los tiempos, la maravillosa Sarah Bernhardt.

La señora Hope se quitó entonces sus gafitas doradas, y liberó su cabeza de la peluca gris que la había ocultado durante tantos días. Se irguió y saludó a los presentes, librada al fin de la necesidad de seguir actuando.

Todos exclamaron impresionados ante aquel descubrimiento, y Agatha asintió orgullosa ante la sorpresa. El inspector Churchill abrió mucho la boca, impactado con la imagen que tenía ante él. Y los niños se llenaron de orgullo, pues aquella resolución final les hacía sentirse los mejores investigadores del globo terráqueo. Habían sido capaces de resolver todo un crimen perfecto.

Epílogo

Cuando Harpo se despertó aquella mañana de Navidad, una mezcla de sentimientos le asaltó de repente. Por un lado se sentía contento. El director Strudel había decidido que su actuación merecía la pena y le había hecho una oferta que ni él ni Groucho habían podido rechazar. Según Strudel, el espectáculo podía ser muy interesante y había decidido apostar por una función en la que tuvieran cabida los hermanos Marx.

Aquello le hacía sentirse muy feliz, aunque también existía una parte mala: le apenaba enormemente que sus nuevos amigos se hubieran tenido que marchar. Emma ya estaba casi recuperada, y Agatha, Alfred y Morritos debían regresar a casa cuanto antes, así que hacía unos días que los tres habían embarcado rumbo a Inglaterra.

A Harpo le entristecía que ninguno hubiera podido asistir al estreno de su espectáculo. Las aventuras vividas aquellos días habían sido muy intensas para él, y deseaba que, a pesar de la distancia, algún día se volvieran a encontrar.

De pronto, una algarabía se oyó desde el fondo del apartamento. Al parecer alguien acababa de llamar a la puerta y Minnie gritaba reclamando su presencia. El chico se levantó de la cama de un salto, pues además tenía que prepararse para el estreno. El muchacho corrió hasta la entrada, donde un mensajero aguardaba con un paquete.

—Santa Claus le envía esto, señor Harpo Marx —anunció el hombrecillo tiritando de frío.

Harpo no podía creerlo. Esperó a que sus hermanos le dejaran hueco cuando asió la caja y la plantó sobre la mesa.

Era un paquete cuadrado, grande y pesado. Enganchada a la cuerda que lo rodeaba había una carta, y el muchacho se apresuró enseguida a leerla:

Querido Harpo:
Un gran actor como tú sabrá abrirse paso siempre.
Pero mientras tanto, intenta practicar con los dos pies.
Irás más seguro.
Atentamente,
Santa Claus

El chico se dijo que aquello tenía que tratarse de una broma. Pero se abalanzó sobre el paquete y, tras retirar el papel que lo cubría, descubrió un par de patines flamantes que hicieron abrir la boca a todos sus hermanos. Luego, se lanzaron sobre él intentando probárselos, pero Harpo se mantuvo abrazado a su regalo. Y cuando finalmente accedió a que su familia echara un vistazo, pensó que Santa Claus era muy inteligente, y se prometió que ese regalo jamás pasaría por la casa de empeños. Por mucho que hiciera falta. Por mucho que lo necesitase. Por muy mala que fuera su suerte.

* * *

Desde la barandilla del barco, Alfred deseaba que la mañana de Navidad fuera especial para todos los Marx. Se dijo que no hacía falta mucho para hacerles felices. Seguro que Harpo les escribía pronto contándoles sus éxitos. Le habría encantado asistir al estreno, pero también deseaba con todas sus fuerzas volver a ver a sus padres.

El chico pensó en lo que había cambiado durante aquel viaje. Apenas dos semanas atrás se hallaba encaramado a la baranda deseando ver Nueva York, sin tener ni idea de los acontecimientos que estaban esperándole.

La resolución del misterio había resultado el más sonado de todos sus casos. Churchill había vuelto a felicitarles y se había ofrecido personalmente a acompañarlos una vez que atracara el barco.

Aquella mañana resultaba la más fría de todas, pero el muchacho estaba deseando avistar Inglaterra de un momento a otro. No pensaba perdérselo. Y mientras aguardaba a que el pedazo de tierra apareciera frente a él, recordó los detalles más ocultos del caso.

Tal y como él había deducido, la intención de Norman era la de heredar la compañía. Era el actor más mediocre de su prestigiosa familia y dirigir un teatro como el de Sarah Bernhardt podía hacerle sentir importante. El problema era que él era el último de la lista, y que tendría que deshacerse del resto de los actores. Así que ideó un plan maquiavélico que no levantara sospechas.

La idea del veneno y de la maldición parecía sacada de una novela, pero la puso en marcha, valiéndose de sus conocimientos de teoría musical. Lo más importante era no aparecer como sospechoso, así que decidió incluirse entre los afectados como una víctima más. Todos creerían que él había enfermado y, cuando el resto de los actores perecieran, él despertaría milagrosamente como si nada hubiera sucedido. Y sería nombrado delfín de la compañía.

Lo hizo con Richard, después con Emma y más tarde llegaría el turno de la Falconetti. Pero mientras tanto debía fingir su propia enfermedad. La tinta que encontró junto a las cartas de Emma le ayudó a simular la mancha azul en el cuello, y dejó todo listo para que la Falconetti fuera la siguiente. Sabía que la diva no tocaba el piano en su número, por eso robó la ballesta de Sebastian del camerino, y por eso la ocultó en un lugar donde nadie pudiera encontrarla mientras él estaba en el hospital.

Agatha salió a la cubierta para hacer compañía a Alfred. Se sentía un poco apesadumbrada por haberse despedido de la abuelita Miller. La mujer había elogiado tanto sus logros que le había regalado su máquina de escribir. Y Agatha se lo había agradecido abrazándola con fuerza.

Apoyada también en la baranda, la niña pensó en lo inteligente que había sido Norman, y sintió la necesidad de charlar con Alfred.

—Creo que en esta ocasión hemos tenido suerte. El asesino ha estado a punto de superarnos.

Alfred asintió mientras continuaba mirando el oleaje.

—Resulta difícil de creer lo bien planeado que Norman tenía todo. Hasta el punto de ocultar la ballesta dentro del señor MacGuffin. Qué buen escondite, ¿no crees?

El chico se volvió hacia su amiga. Siempre pensó que el destrozo del muñeco tenía relación con el caso, pero no de un modo tan importante.

—Ése no fue el único de los errores de Norman —añadió el chico—. En diciembre, salir en pijama y a hurtadillas del hospital podría congelarle. Así que seguro que robar el abrigo de Harpo no entraba tampoco en sus planes.

Agatha estaba de acuerdo. La climatología a veces no era tenida en cuenta por nadie, aunque en ese caso había desbaratado los planes de un criminal. Aquella aventura había sido de las más peligrosas, pero también de las más emocionantes. Y se giró hacia la mampara del salón, donde Morritos los observaba tras la ventana. La perrita no quería salir con aquel frío y permanecía acurrucada junto a Hércules y el inspector Churchill, que en aquel momento tomaban el té.

—De todas maneras, hay algo que me sorprende mucho más —continuó la niña—, y es la valentía de Sarah Bernhardt. Cómo viajó hasta Nueva York al enterarse de lo de Emma y cómo se hizo pasar por la señora Hope, pagándole a la verdadera unas vacaciones mientras imitaba su voz, sus gestos y hasta su forma de moverse. Sólo una gran actriz como ella podía pasar desapercibida de esa forma.

—Es cierto —añadió Alfred—. Pero a mí lo que más me sorprende es cómo llegaste a descubrirla, cómo supiste que el broche del cuadro era el mismo.

—De pronto lo vi claro —se explicó la niña—. Recordé las palabras de Sebastian: Sarah Bernhardt era tan natural que no te dabas cuenta de que estaba actuando. Aun así no quería hablar mucho para evitar ser descubierta. Por eso a Harpo le extrañó tanto su cambio de actitud. Dijo que no parecía la misma, y tenía razón. Con su disfraz, Sarah Bernhardt pretendía descubrir lo que había ocurrido, y para eso, aparte de la Falconetti, ninguno de los actores debía saber que no era la verdadera señora Hope.

Tras aquellas palabras, Agatha sonrió. Resultaba que aquel teatro estaba plagado de investigadores que habían actuado por su cuenta: ellos, la señora Hope, el inspector Fonsèche... Le parecía gracioso el modo en que cada uno había intentado investigar, sin tener ni idea de a quién tenía a su alrededor. Por fortuna el caso había quedado resuelto, y se sintió aliviada de no tener que investigar más. La niña notó que el frío le congelaba los huesos, así que decidió reunirse con Morritos para entrar en calor.

Alfred prefirió permanecer un rato más en la cubierta, mientras permitía que sus pensamientos se mecieran con el oleaje. Jamás habría creído que deseara ver Inglaterra con tanta fuerza, y que la idea de volver junto a sus padres le hiciera tanta ilusión. Había podido comprobar lo dura que era la vida más allá de High Road, y las penalidades que sufrían los que intentaban labrarse un futuro en otro lugar. Deseó que Harpo estuviera bien y que lograra alcanzar todos sus sueños. Y cuando estaba a punto de regresar al salón de cubierta, un punto marrón en el horizonte hizo que su corazón latiera con fuerza. Reconoció su silueta marrón entre la niebla y se dijo que no habría misterio más emocionante que tener delante aquella visión. Ya que aquello sólo podía significar una cosa: al fin estaba en casa. Por fin estaba de vuelta.

¿SABÍAS QUE...?

Harpo Marx fue uno de los actores cómicos más queridos por el público. Interpretaba sus papeles haciendo de mudo y llevaba siempre una gabardina y una bocina para hacerse notar. Formó junto a sus hermanos uno de los grupos de humor más talentosos de la historia del cine: "Los hermanos Marx".

El vodevil o teatro de variedades era considerado como un espectáculo inferior. Los actores interpretaban sus números por un sueldo muy bajo y soñaban con el éxito de los teatros de Broadway, la calle de los grandes espectáculos de Nueva York.

Sarah Bernhardt está considerada como la mejor actriz de todos los tiempos. Fue la primera intérprete empresaria del mundo del espectáculo, y renovó el arte de la escena con una actuación basada en la naturalidad. Protagonizó muchos carteles de la época en los que anunciaba sus obras de teatro.

Agatha Christie, al igual que Sarah Bernhardt en esta novela, desapareció de su casa siendo una escritora ya famosa. Transcurridos diez días en los que se temió por su vida, Agatha apareció finalmente sin confesar nunca dónde había estado ni por qué había desaparecido.

La bocina que Harpo utilizó en todas sus películas fue robada de un taxi en los inicios de su carrera.

El *RMS Lusitania* (el barco que lleva a Agatha y a Alfred a Nueva York) era uno de los transatlánticos más lujosos de su época. En 1915 fue destruido por un torpedo de la 1ª Guerra Mundial.

El *"Diabulus in musica"* o "trítono" fue un intervalo musical prohibido durante la Edad Media. Debido a su sonido estridente, los músicos lo evitaban en sus partituras al creer que el Diablo se colaba entre sus notas.

Alfred Hitchcock dirigió en 1950 una película llamada *Pánico en la escena* en la que una estudiante de interpretación se hace pasar por otros personajes para resolver un misterio en un teatro.

Un crítico neoyorquino afirmó tras ver uno de los primeros espectáculos de Harpo que lo mejor de su actuación era cuando no hablaba. Tras aquel comentario, Harpo jamás volvió a decir una palabra sobre el escenario ni en ninguna de sus casi 20 películas.

Alfred no interpretó nunca un papel en escena, en cambio apareció fugazmente en muchas de sus películas.

La familia Marx era de origen muy humilde y Frenchie, el padre de Harpo, era un sastre horrible. La familia no tenía mucho dinero para mantenerse, pero jamás dejaron de creer en su propio talento hasta que consiguieron triunfar en los escenarios.

El título de esta aventura de **ALFRED & AGATHA** es un homenaje a la magnífica película de Hitchcock *El hombre que sabía demasiado*, protagonizada por James Stewart y Doris Day.

Hitchcock reflejó sus teorías sobre el crimen perfecto en algunas de sus más famosas películas, como *La soga* o la titulada precisamente *Crimen perfecto*.

MILLER&JONES
AGENCIA DE INVESTIGACIÓN
-
27, Brown St. (Bayswater)
-Londres-

Agatha Miller

alfred hitchcock